感谢芝加哥大学出版社和 Charles Bernstein 授权我们出版发行《诗歌的黑音》（*Pitch of Poetry*）中的“回音诗学”（Echopoetics）；感谢刘朝晖教授对此书的翻译。

我们承诺，严格执行原版图书中的版权声明条款。

回音诗学

ECHOPOETICS

[美] 查尔斯·伯恩斯坦　著

刘朝晖　译

暨南大學出版社
JINAN UNIVERSITY PRESS

中国·广州

图书在版编目（CIP）数据

回音诗学/［美］查尔斯·伯恩斯坦（Charles Bernstein）著；刘朝晖译．—广州：暨南大学出版社，2018.12
ISBN 978－7－5668－0756－4

Ⅰ.①回…　Ⅱ.①查…②刘…　Ⅲ.①诗歌研究　Ⅳ.①I106.2

中国版本图书馆CIP数据核字（2018）第270801号

回音诗学
HUIYIN SHIXUE
著　者：［美］查尔斯·伯恩斯坦　译　者：刘朝晖

出 版 人：徐义雄
策划编辑：杜小陆
责任编辑：苏　洁
责任校对：何　力
责任印制：汤慧君　周一丹

出版发行：暨南大学出版社（510630）
电　　话：总编室（8620）85221601
　　　　　营销部（8620）85225284　85228291　85228292（邮购）
传　　真：（8620）85221583（办公室）　85223774（营销部）
网　　址：http：//www.jnupress.com
排　　版：广州良弓广告有限公司
印　　刷：佛山市浩文彩色印刷有限公司
开　　本：787mm×960mm　1/16
印　　张：11.75
字　　数：150千
版　　次：2018年12月第1版
印　　次：2018年12月第1次
定　　价：39.80元

（暨大版图书如有印装质量问题，请与出版社总编室联系调换）

序

人们常问，“你认为谁是你的听众?”或者问，“谁是你的理想读者?”我的回答不一而足，甚至互相矛盾。格特鲁德·斯泰因（Gertrude Stein）在《美国人的造就》中说，她为“她自己和陌生人”写作，我也经常这么觉得。我的家人和日常生活中我见到的多数人都不是我诗歌的听众，我试探着为那些对非传统诗歌有兴趣的读者而写，他们也许愿意读我的诗歌，兴趣使然。不过，随着时间的推移，我遇到了许多这样的读者，既有家门口的也有遥远他乡的。然而是我**为**他们而写，还是他们**懂**我呢?

对话则是另一码事。我像有些人建造房子那样创作诗歌：为了穿越，为了栖息。有时候我写的那种诗歌被称为“以读者为中心”或“以感知者为中心”，因为诗歌指望读者去填充，换言之，读者要想与诗歌进行对话，就有必要进行感情或情感的联想。读我的诗歌，你不仅仅是看图像或听故事，你得欣然进入一个文本场域，你可与之互动，或用个生造的词表达就是**互相启动**（启动—创造某物—在你互动之时）。

如果你来自中国，你读我的诗歌就会跟美国人的感受不同。这不是翻译或文化知识的问题，而是诗歌悦人的潜能。意义和背景会转换。诗歌总是读者弹跳的起点、基础和蹦床。我很感激与我的诗歌进行这种对话的中国译者，尤其是罗良功、黎志敏和聂珍钊。此外，我们十多年前创办的组织——中美诗歌与诗人协会，促成了此类交流。

本书的每个对话都说明如下观点：这些对话是具有独立风格的艺术品，它们展示了我与他人的积极交流，如同读者可能与我的某首诗歌交流那样。我已经和冯溢开始了这种交流。很幸运，她曾经是宾夕法尼亚大学的访问学者。

如果说，阅读查尔斯·伯恩斯坦（Charles Bernstein）的英文原著是原汁原味的阅读，那么阅读刘朝晖教授的译作就是有滋有味的阅读，因为加入了译者对伯恩斯坦诗学的理解和两种语言与中西诗学的融会贯通。《诗歌的黑音》一书分为四部分。其中，回音诗学是第三部分，该部分由11篇访谈组成，涵盖了极其丰富的内容，包括伯恩斯坦对语言诗运动的独到见解，对其诗歌创作理念、诗艺、诗学、美学追求的阐释，对诗歌与政治、经济、哲学、艺术和社会等关系的反思，囊括了他对回音诗学直接或间接的论述。11篇访谈中涉及伯恩斯坦诸多对重要优秀诗歌集和歌剧剧本的探讨，比如《天堂里所有的威士忌》《阴影时光》和《重新估值》等，另外对于伯恩斯坦和视觉艺术家的合作也有很精要的讨论。

回音诗学是什么？这让我想到书的前言中讲到，“回音诗学是美学的星丛中一个母题反弹到另一个母题所产生的非线性的共振。……它是暗指缺席情况下对暗指的感知。换而言之，我所找寻的回音是一个空白：一个缺席的本源的阴影，一个临时替代品组成的网”。这个诗性的定义就像伯恩斯坦说“自己的解释需要解释一样”需要解释。

回音诗学的概念可以被视作一个暗指的缺席，而本书的11篇访谈一次次从不同的角度对回音诗学的概念进行了诠释、阐述和谈论，使得原来的“缺席的本源”在多元对话的空间中共振，同时得到了在读者心目中的多元性构建。所以，可以说，本书就是回音诗学一个最经典的例子。这首先体现了回音诗学的多元性、融合性以及构建性，反映出与维特根斯坦的语言转向的渊源和与极简主义的对立。通过“转换”，把不同的视角、不同的空间、不同的意义呈现出来，就像伯恩斯坦所言，“诗歌是栖居在这种语言强度中的心灵体验，总有迫近的（也就是说，断断续续的）转换可能”。这点又与本杰明的“多元思维和非线性思维”密不可分，他著名的鸭兔头图像就是靠“转换”视角才使多个图像的意义得以显现。回音诗学的多元性还充分反映在伯恩斯坦对其他国家诗人作品的翻译和创译上，比如，对波特莱尔、奈瓦尔、雨果、费尔南多·佩索阿等诗人作品的翻译和创译。尤为重要的是，回音诗学更加强调传统诗歌所不包含的“非对称”“失衡”“笨拙”“断裂”，甚至“不舒适的”“令人厌烦的”等非传统元素，这体现了美学的民主性、包容性、多元性，是诗歌这个“超文本”所能体现出来的“美学干预”，具有概念主义色彩和政治性。同时，这点与美国作为一个移民国家的文化息息相关。回音诗学就是要打开语言之中被人遗忘的“褶裥”“折叠”和“覆盖物”，让被边缘化的、弱势的、残障的、隐藏的声音发声，要让人们听到“共时的音符”和“历时的音符”融合成的回声和和弦，这就是伯恩斯坦所要凸显的“最活跃”“最激烈”的诗歌的黑音，一股不为人知的暗流。伯恩斯坦说，“发错音”“口误”“双关语”是他的日常诗学，这些在他的诗歌中体现的是诗歌黑音的隐喻，是诗歌的他者。

回音诗学根植于美国文学的传统上，伯恩斯坦认为，这一诗学体现在许多前辈诗人的诗歌中，如爱默生、狄金斯、爱伦坡、斯泰因、克里利、阿什贝利、迈克尔·帕尔默等，又在以伯恩斯坦所代表的语言诗运动中，在诸多语言诗人，如西利曼、安德鲁斯和琳·何吉尼安等人的诗歌中得到了更加显著的体现。回音诗学最重要的母题是空白和“虚无”，伯恩斯坦曾在一次访谈中表示，虚无这个母题对于他的诗歌创作是至关重要的。回音诗学就是一种禅学式的“负经济”，从某种程度上诗歌的确不产生任何实用的抑或是经济的价值，仅仅具有纯粹美学和诗学的意义和价值，然而，诗歌可以穿透诸多层面，通过转化、过渡和融合等手段，拥有最终在现实中让“虚无”变为“有”的力量，产生从无价值到无价之宝的转化，“词语的革命是虚无的力量”是对诗歌和回音诗学作为“负经济”的一个双关的诠释。因此，“诗歌让虚无发生”是伯恩斯坦最爱的诗句，而狄更斯的诗句“虚无是那股/革新世界之力”是他的座右铭。虚无让人联想到道家学派和禅学思想。

在某种程度上，回音诗学不仅根植于美国本土文化和西方文学传统，而且兼容并蓄了禅学思想中“虚无”和“有”之间的转化关系，这是回音诗学的禅道之缘，是和中国传统文化哲学之缘的体现。虽然看起来回音诗学“反传统”，但是它并非“消灭”传统，而是从传统中转向，从陈词滥调中转向，翻转、构建传统，具有鲜明的先锋性和解构主义特点。回音诗学中“回音”是需要障碍物才能产生的，这指向伯恩斯坦的“反吸收”和“语言陌生化”等创作手法的运用。

回音诗学发生在读者和诗人的共谋中，强调读者的参与和创造。诗歌语言的模糊、破碎、荒诞、不和谐触发想象，但又不直接点明，含蓄而深沉，给人简洁而有节制的向心之美，同时又指向了西方后现代社会的混乱、杂糅、不确定性和焦虑感。但是，就像伯恩斯坦在访谈中所言，大多数时候，他并不像兰波那样沉迷于后现代的缺陷，而是在缺陷的前提下，“把错乱当成人类共用领域的一部分去识别、承认并探索”，体现了诗人对诗歌的信念，对于诗歌的载体“语言”的信念。值得一提的是，对于语言的信念和本杰明的语言多元化以及语言自身的超能力关系密切。诗人利用了大量转喻替代失去的本源，使用讽刺、反语、自嘲、双关等修辞来进行不同程度的翻转混乱，构建“不确定性”和乌托邦的想象，利用“不确定性”去寻求和探索确定性所彰显的回音诗学深刻的悖论性和后现代主义色彩。伯恩斯坦对这一点有很好的诠释，“我想表明我是如何身处那些洪流中，成为潮流的受害者。我是那个潮流内部的口技之声”。伯恩斯坦就像他欣赏的杂技演员那样在高悬而危机四伏的钢丝上行走，滑稽搞笑中流露出节制的优雅，一丝不苟地专注于平衡和失衡的转向，试探着朝任何一个方向倾斜的最大完美弧度，却不过多地偏向任何一个方向，在诗歌的不同“质地”间移动，但“不想在二者之间任何一个里面驻留”，这就是他诗歌的节奏。辛辣讽刺的幽默、自嘲，甚至笨拙的自我牺牲充满了回音诗学，伯恩斯坦借此展现了对诗歌中他者的关注，同时流露出其犹太民族悲喜交加的历史和荣衰并存的文化情愫，独特地反映出在痛苦与失落中的人性的睿智、挣扎和尊严。

说到这里，我仍然感觉需要对回音诗学做更进一步的解释，但是无论怎样解释，又都是对回音诗学莫比乌斯性的一个致敬，一个对回音诗学不断旋转的回音的反弹。作为大学教授，伯恩斯坦讲起课来谈辞如云，思考问题时哲思泉涌，思维跳跃敏捷，他的眼睛里总是流淌着深邃的光，他的诗歌课和他的学术风范都让我感到深刻和难忘……

对于回音诗学的研究在美国当代诗歌研究中具有重大的意义。我想，你读了刘朝晖教授的这本译著《回音诗学》一定会和我一样，被回音诗学中对于边缘化群体的关注以及诗人对迷失、虚无、混乱、熵化的后现代社会的深切睿智的思考和不受任何形式、标签、理论羁绊束缚的情怀所深深地打动。

冯溢和刘朝晖回应了我的回音。我很高兴看到刘朝晖的翻译和冯溢对回音诗学的讨论。但加入对话完成作品的工作留待你们来做。

查尔斯·伯恩斯坦
2018 年 4 月 22 日于纽约布鲁克林

目　录

对话 1　与洛科·马里纳西奥和埃里森·卡明斯[①]

RM & AC[②]：我们在俯瞰门多塔湖的玻璃房里谈话。有录音机，但没磁带。从您作为批评家的角色以及有关权威的问题开始似乎比较合适。您的诗歌和散文都声称，您对传统的权威批评声音很不适。语言上的权威和权力这一观点，让人想起您在《乐观主义和过度批评》中，对德·塞托（de Certeau）的《日常生活实践》，以及他对权威人士的战略和平民百姓的战术之区别的讨论。尽管任何指涉诗学权威的问题都应该考虑到诗歌，尤其是激进的诗歌，在主流文化里相对地缺少权威，但实际上在特定的反应群体里您却是权威。您如何定义这种既弱势又强势的位置？您认为自己是战术家还是战略家？

如果我说认为自己是战术家的话，我会以最有战略的方式说出来，因为，尽管我理解这一区别，但我发现声称自己处于两者中的任何一种位置都不可能（有成效）。于是，我既追求战术的战略也追求战略的战术，但不一定是同时的。德·塞托的观点是，由于战术是唯一开放的文

---

① *Contemporary Literature* 41, No. 1 (Spring 2000).

② 本篇对话中，“RM”是 Rocco Marinaccio（洛科·马里纳西奥），“AC”是 Allision Cummings（埃里森·卡明斯）。

化和政治空间，所以人们以战术的方式行事。在诗歌和诗学中，这些实际上是修辞问题：具体的修辞形式和权威的关系以及权威和权力的关系。

我对诗歌揭示或隐藏权威的方式很着迷。客体派诗人（the Objectivists）像浪漫派诗人一样，宣称他们的诗歌很诚实，他们的诗学反修辞、反滥情。像我们如今在诚实旗下所做的事情一样，诚实已经变得具有欺骗性，换言之，诚实成为隐性权威的战略。[如同大卫·布罗麦治（David Bromige）所言："肯定自己//在那方面，不会被信任。"][1] 确实，如果这样严格来看，诗歌想超越修辞是最糟糕的修辞：否认自身修辞性的修辞。因此诗歌的战略（或战术?）就是在你写作的过程中揭示、推出并推翻诗歌中的权威和修辞结构。不过这个很快转化为音乐和节奏动力学，这与我的具体美学兴趣，比如说幽默感，不可分割。我喜欢言说自身的诗歌，这类诗歌把翻转和倒置作为其内容和韵律的一部分。我由衷地喜欢这种诗歌。

RM：您怎么看批评家所声称的"诚实"和"真理"？您如何描述您与批评家所拥有的传统权威的关系？

在道出真理的诗人和声言做了同样事情的批评家或非小说作家之间存在明确的差异。诗歌的真理是想象的真理，不是"事实"，强大的传统如是说。我的文类比你的深刻，或者如同20世纪即将结束时我们爱说的那样，边缘的水深不可测，你无法明确区分边缘与中心，关键看谁

① 布罗麦治于1997年6月2日在布法罗大学的诗学列表里贴出了这首诗：http://epc.buffalo.edu/poetics/archive/logs/txt/1997_06.txt。

在测量。也就是说，所有的写作，如同所有知识形式，都存在于类别里。如果某一具体形式的写作（或知识）想做的断言不是其所在文类的手段能实现的，它就必须借用真理；在目前的沟通环境中，诗歌最大的利润中心之一肯定是出借真理。然而，诗歌**作为一个文类**，如果没有得到授权制造新币的话，其资产早就已经透支了。这一新币已经承购了过去这些年里最伟大，同时又是最应遭受谴责的诗歌项目。当然，科学是唯一真正的真理蓝筹股，但诗歌也是很好的投资，因为它的价值一直被低估。我绝对建议把它归入任何多样化的认识论投资组合里。

换言之，具体的文类在其自身之内不能做出自己是真理的断言。因此达希尔·哈米特（Dashiell Hammett）① 所用的形式，并不比大汤姆·艾略特老板（Big Tom "The Pope" Eliot）或亲亲约翰·罗尔斯光明正大先生（John-John "Mr. Fair and Square" Rawls）② 所用的形式离真理更远。然而，我说这些话时用了一种特别的权威（所以是我的"诗歌权威特别理论"）。称之为诡辩术也好，诗歌也好，随你便，总之我在依靠我媒介的权威。这是一种实践，毕竟我出生在这片特定的野蔷薇里：别人称为我自相矛盾的荆棘，我则认为是逆风而吹的簧管。

可是话又说回来，这难道不有点像那个说"所有诗人都是谎言家"的诗人吗？或"只有谎言家能区分真实的和不够真实的东西，蓝的和不够蓝的东西"。

AC：认同您那类作品的批评家，如玛乔瑞·帕洛夫（Marjorie Per-

---

① 达希尔·哈米特是硬汉派侦探小说家。

② 伯恩斯坦在此把叱咤文坛的风云人物 T. S. 艾略特（T. S. Eliot）以及著名的自然法学派主要代表人物、《正义论》的作者约翰·罗尔斯分别换成大汤姆·艾略特老板或亲亲约翰·罗尔斯光明正大先生，故意贬低二者在人们心目中高大上的形象，颇具讥讽之意。（译者按）

loff)，要么常常把实验性的阅读和写作上升到理论高度，要么阐释具体的段落。您认为这种试图使“反吸收”文本更容易被读者理解的批评是否有导向错误，是否会太封闭了？

像诗人和其他作家一样，批评家通常在追寻自己的直觉，说出所讨论的作品最打动他们之处时最有趣——无论其方法是否与艺术家或其他批评家所说的正确方法一致。正确的方法是，把你的论证调试到专业标准——所有的批评都是一种消遣。同时所有的批评在某种程度上也属于方法论。帕洛夫有敏锐的感觉，能找到根本问题，找到关键段落（诗歌和文学史里的）。对于能引起她兴趣的东西，她写起来非常具有感染力。她的批评是归纳性的：她从吸引她注意力的文字出发；她不太用诗歌去证明观点，而是用诗歌来表达观点。我读她的论文时有一种合作的感觉。帕洛夫做我所说的“细听”（即细读或听一首诗，尽量构想诗歌的意义及其表达方式）时令我非常着迷：用几乎是印象式的或者是现象学的方式，记下可能的联想一起出现时读起来是什么样子。尽管这也许看起来像操控诗歌，但实际上和写诗的过程很接近。不过我认为，不能把这些解释当成如何读诗或解读一首具体诗歌之意义的规范性方法。不能限定、穷尽一首诗潜在的读法，不意味着不能追踪可能的路径，也可称为阅读的路线，或尼克·皮翁比诺（Nick Piombino）所说的“注意力之流”。[①] 帕洛夫有争辩之意，在回应那些认为这些诗不可读，或认为这些诗只是有关诗歌的概念的人。她又说，“你当然可以读这首诗，确实你必须读，如果你要找到其有趣之处的话”。同时，你也可以对任何类似的追踪做出这样的反应，“我不完全是这样读这首诗的；我以别的方

① Currents of Attention, In *Boundary of Blur*. Los Angeles: Sun & Moon, 1991.

式读，我读的方式不一样”。

我认为我的诗歌是意义的回音屋，其中多种（但并不是任意的！）解读被积极调用，一种解读不应该取代或代替其他解读。我真的认为诗歌这一文体得天独厚的优势是，不管是不是传统的诗歌，都不能做一锤定音式的解读。批评像翻译一样，我们不一定要把它看成墨守成规的事情（尽管我认为专业标准所鼓励的实证主义和主题导向常常把批评推向恰好错误的方向）。毕竟，批评不是等价转换或判定的问题而是反应的问题，反应通常很难从理性上找到支撑，比方说，直觉，是一个批评家所能做的最好的反应。细读式的批评如同最能引起回响的翻译那样，是一种形式的对话，对话不必终止。因此，帕洛夫的专注里有一种方法：她在阅读过程中通过实例提供了示范性的阅读理论，我认为其效用不亚于从不探讨具体诗歌的抽象阅读理论。

AC：我想知道实验性诗歌研究领域是否已经兴起新的品味和价值观。批评家们似乎不断讨论某些诗人而忽略其他很多诗人，尤其是女性诗人。其不可避免的结果是，某些作品因为最广为人知而被宣传为最好的实验性诗歌。作为知名的批评家和诗人，您是否促成了某些品味和价值观的常态化？

我认为更确切的说法是，我帮助颠覆了某些品味和价值观，而不是促成了它们的常态化，但结果也许大同小异。然而，你知道，诚实（sincere）里的罪性（sin）和堕落（perverse）里的诗意（verse）同样让我着迷。

不过别让我像跳希米舞一样摇摆着说完这个问题，只是求你别把我丢回到那片野蔷薇里。我喜欢坡（Poe）的塔尔（Tarr）博士和费瑟尔

(Fether) 教授的故事。故事里病人控制了精神病院——医生完美地成为假病人，十万火急地告诉访客他们才是正常人。就像我们在布法罗所说的那样，“绝对”。

我个人的编辑和批评项目一直都关乎判断、选择、偏好、偏袒和宣传。《语言诗》杂志（*L = A = N = G = U = A = G = E*）发表了许多以前没有聚合到一起的作家的作品，但我们也并非兼收并蓄。电子诗歌中心（the EPC）所做的一切都是组织和遴选工作。我的诗歌品味很挑剔，不包容，但我确实喜欢许多当代诗人，这些诗人中大多数人的作品几乎没有或完全没有得到人们的关注。我希望能做更多的事情来扩大这些作家的读者群，找到更多的出版基金，因为许多作品都值得关注。由于对这种诗歌缺少接触，许多潜在的读者像我们在教育产业中说的那样，“没享受到足够的服务”。文化也因为同样的原因“没享受到足够的服务”，出现这样的情形，不是因为这种诗歌缺乏优点或吸引力——要知道这些东西极具吸引力——而是因为在最关注商务事业的社会里，这些诗歌根本没有商业导向。因此，倘若我偏袒的诗歌和诗学开始获得听众，我会很高兴。

你提到的挑选过程意味着有些诗人比其他价值相当的诗人得到了更多认可。也许在某种意义、某些环境中，克拉克·库利奇（Clark Coolidge）比许多同代诗人都得到更多认可，但人们对他诗歌的了解还是少得可怕，这让我无法释怀。我认为他的诗歌可能属于战后美国最重要的诗歌。不过，这又提出了由谁来认可的问题。对于多数我打过交道的诗人来说，和别的诗人交流，得到他们的认可，已经成为社交活动的中心。他们从中得到继续前行的鼓励。从外部看，有时很难认识到诗歌世界的基本构架，因为你必须成为交流网络一分子，才能意识到这些网络的存在。

如果我质疑评价性语言，我得怎么说呢？刚刚我说（能请你给我念一下先前我说的那句吗?）："最重要的……之一?"我的朋友鲍勃·佩雷尔曼（Bob Perelman）在《诗歌的边缘化》里的《写出权力》中表达了他的疑惑……不过我们还有时间探讨这么复杂的问题吗？我指的是，在午餐前?

总之，轻浮是增强诗人心灵免疫力的丙种球蛋白。或者，也许又不是。我也不喜欢**实验**这一术语。不过看看我的**实验**写作清单［部分基于伯纳黛特·迈耶（Bernadette Mayer）的实验清单，但是我的清单偏向于结构性实验］。[①] 也许把这个清单称作"非传统诗歌形式"更好。实验是用来描述这类清单的术语，有别于无所不在的创意写作课"练习"册；在此意义上，"实验"是有着不同诗歌动因和谱系的练习。实验诗人普遍不喜欢**实验诗歌**这一术语，我认为，原因可追溯至这类作品被轻贬为简单的"练习"，它们相对于诗歌的"实际工作"来说，是初级且次要的。就这样，**练习**和**实验**，无论是正面还是负面的，都是用来反对关于意向性的假想，意向性关联另一对二元对立：过程与成品。

但是也许以下这件事与你的问题更相关：几年前 Exact Change 出版社在《纽约书评》里做了一个吸睛的半个版面的彩色广告（黑白字母刻在红色背景上），题为"实验文学之经典"，特写了阿拉根（Aragon）、鲁塞尔（Roussel）、鲁特阿蒙（Lautréamont）、斯泰因、凯奇（Cage）、德基里科（de Chirico）、苏波（Soupault）、阿波利奈尔（Apollinaire）和卡夫卡（Kafka）的书。但**实验**一词没有出现在 Exact Change 出版社的书本目录里。广告中包含此词确实暗示了其商业气息，至少在出版商达蒙·克鲁考斯基（Damon Krukowski）和内奥米·王

---

① http：// writing. upen. edu/bernstein/experiments. html.

(Naomi Wang)(有分量的)的评判中是这样。当然，我们能轻易注意到“实验经典”有点逆喻的味道；让修辞中没有逆喻的她或他抱怨去吧；我肯定不会抱怨。在这样的上下文中，“经典”成为否认“新的”和“实验性的”作品在质量上都大同小异这一假想的方式——你如何区分它们?(请注意这是可能的回答)“新经典”把玩了“经典”“具有持久价值”和“隶属于传统”的双重意义。我想把这个词组大致译为，具有非传统价值的作品，该部分有价值是因为其不守传统或陈规，但也不是唯一的原因。

记得在《现代医学》杂志社上班时，我参加过一个营销会议，会上他们告诉我，如果文章的标题中出现**新**这个词，读者（全是医生）就最有可能去读。这对任何在新雪弗莱里喝着新可口可乐的人来说毫不奇怪。即使麦迪逊大道的广告商对“创新”一词透彻的理解依然困扰着我们，但我仍然要力排众议地说，他们只是有**不一样的理解**。在《现代医学》里，对“新”的解释有不同的道义必要性，如“新疗法”“新标准”等，这样读者为了自己能够胜任，或者从负面看，为了不被起诉，强迫自己去读这些文章；在会上无论内容是否新，我们都必须说“新”。这样做有效果，因为医学方面确实存在医生必须跟上的新进展。“新”总是有操控的余地，不是因为它没有意义，而是因为它是“实用”价值的标志。说营销者利用了新，并不意味着新是空洞的说法：麦迪逊大道的广告商的宣言和诗歌实践之间的区别是动因和伦理的区别。因此，重复威廉斯的话，我想说，仍然有来自诗歌的新消息，男人和女人确实死于那方面的发现不够（但不仅是那方面，他们的死因肯定不仅仅是那种发现的匮乏）。

不，刚那话不是那样的。我们可以删除所有那些话吗?我的意思是，我希望能够把磁带倒回去一点，删除最后一部分，再重新开始……

RM & AC：别担心，一切都可再改。

最后，我认为，去想象人们颠覆了品味或判断是没有意义的。有时候，一个人的判断保持下来，进入和（某些）他人共享的社会空间。有时候，这就构成了一些人共享的集体判断的基础。在那种情况下，判断就有了权威，尽管这种权威遭到质疑，并可以质疑，可它仍然具有某种社会影响力。这是可取的事情。同时，你可以诘问自己判断的标准是什么，并随时去质疑、重建，或允许他人重建。但是如果你不做判断，或者如果你想象你的判断只是个人的或不真实的话，就不可能做到那点。对我来说，写诗歌完全就是关乎判断和品味的表达，尤其是（并非仅仅是!）那些得不到（语法、社交礼仪、商业需求等方面）“官方”认可的品味。不过我同时也取笑这些品味，用它们来找乐子。我不把那些判断或者我的判断，想象成世人的或世人应该有的。

AC：那么，作为诗人和批评家，您认为自己代表了哪种价值观？

事实是这样，我喜欢把看上去不雅或笨拙的事物、夸张而华丽的段落诸如此类的东西写入诗歌……不太肯定这是不是我的品味。比方说，我喜欢哈特·克莱恩（Hart Crane）那样的写作。多数时候我反感极具目的性、艺术性、极有品位的诗歌。好吧，我认为这种说法已经是经过深思熟虑的美学观点了。在一定程度上，这是反抗的写作，我不能也不愿把自己看成被高雅情趣的“高雅”文化所同化。因此，我不去写那种看起来以高雅为目标的诗歌，诗人们通常写那种诗。我努力肯定缺乏优雅的美——你也可以说是不光彩的美，不过我常常用极为精巧，甚至可能是高雅的方式来表达。

我能举出的最好例子是杰里·刘易斯（Jerry Lewis）的《肥佬教授》（*The Nutty Professor*）。我从 12 岁起就一直喜欢这部电影。当时我马上要去布朗克斯科技中学上学，所以肯定对其更有感觉。“万人迷”（Buddy Love）[①] 的大背头发型以及神气的举止不就是迷人的抒情诗的形象吗？其次还有斯蒂夫·马丁（Steve Martin）的《大笨蛋》（*The Jerk*）。

我确实欣赏非对称、失衡、笨拙的东西，在我的作品中，这些通常变成有节奏感的元素（笨拙地，消失在相似的尾音里）。我用不同的方式翻转这些素材，晃荡它们，创建起让这些错位的事物显得轻松愉快的外形。在你感到难堪、愚蠢或笨拙时，不一定会有这种轻松愉快。这就牵涉到转化……诗歌成为鲁布·戈德堡（Rube Goldberg）[②] 式的荒唐错误用词机器……

AC：还有其他诗人的作品也演示了这种笨拙或转向吗？

嗯，我认为迈克尔·帕尔默（Michael Palmer）是当今最优雅的诗人之一。帕尔默的诗歌里有一种我喜欢并仰慕的雅致。不过他的诗歌真正吸引我的还是他对单纯的优雅的厌恶——那在他的写作中有一股非常强大的暗流。因此，尽管这种优雅存在于他的诗行及其他地方，却几乎转变成反风格主义的愤怒，要不是这样，也许有人会误认为他的诗歌就

---

① “万人迷”是《肥佬教授》中的人物，他派头十足但极其傲慢自大且自恋，毫无可爱之处，却成为很多人的偶像。

② 译者按：鲁布·戈德堡是 20 世纪美国一位极具影响力的漫画家，创造过很多复杂精密却只完成简单任务的连锁机关和装置，后来成为用复杂方法做简单事情或杀鸡用宰牛刀的代名词。

是风格主义之作。这就形成了他诗歌里吸引我的强大张力。

哪些朋友参与了揭示、朗诵、重复——抑或庆祝？——诗歌的粗笨、踉跄、失衡、无节奏、断裂，即我在《细听：诗歌与表演的话语》（*Close Listening*：*Poetry and the Performed Word*）（牛津大学出版社，1998 年）里所说的破损音韵文（prosody of dis-stress）的表演呢？当然其根源可追溯至歌舞杂耍表演（翻跟斗者翻滚着穿过素材）。在艾伦（Allen）夫妇［格蕾西（Gracie）和伍迪（Woody）］以及约翰·克里斯（John Cleese）后期的作品中，可以看到这样的表演。诗歌方面，我尤其想到了拉里·艾格那（Larry Eigner）和汉娜·韦纳（Hannah Weiner）。杰克逊·迈克·洛（Jackson Mac Low）或者表现很不一样的泰德·贝利根（Ted Berrigan）大部分时候也是这样。苏珊·豪（Susan Howe）的结巴、布鲁斯·安德鲁斯（Bruce Andrews）的摇摆、汤姆·罗华斯（Tom Raworth）的速度和莱斯利·斯卡拉皮诺（Leslie Scalapino）的定向（失去方向或重新定向）中，都有类似表演。更近的，我还想到了不用诗歌语言写作的斯黛西·多丽丝（Stacy Doris）和朱丽安娜·斯帕尔（Juliana Spahr）。

RM：您如何看待这样的诗歌相对于诗歌主流的地位？您基本上把诗歌主流等同于大众文化。

传统诗歌不是大众文化，但也许是大众文化中的“高雅文化”宠物龟。这个宠物龟应该保持一定的音调，明白自己的位置，具有迷人的外壳。战后美国诗歌里唯一大规模进入主流文化的诗歌是“垮掉派”诗歌，但是“垮掉派”诗歌里进去的部分，在某种程度上是诗人社会态度的浓缩，其文本实践则像可丢弃的糨糊留在美利坚起居室的地板上。

我认为我所阅读的多数诗歌在修辞上最吸引人之处，是尽量在不使用大众传媒所规定的钩子、梯子、渔具和诱饵的情形下表达意义，从而产生了这种艺术是精英主义的熟悉言论。相比之下，一个据称“不可理解的”诗人，很少一揽子地将电视剧、电影或流行音乐批得毫无价值；这些诗人对大众文化的反应，从对某些作品的狂热，到对多数作品的冷漠，到对某些作品的敌意不等。但是大众传媒的逻辑里存在不给任何非商业艺术留空间的元素。他们认为只有最流行的才是真正有好处的或真正有趣的，并隐晦地用该观点嘲笑非商业化艺术。换种说法就是，只有赚钱的写作才有实际价值。那么什么才是真正的精英主义态势呢？在这个文化空间里，“宠物龟”诗歌通常起到审美上的多种维生素作用——开始时或许不吸引人，然而对你有益。这使得整个诗歌文类都蒙上令人厌恶的阴影，正因如此，我最想强调我所喜欢的那类写作，比如说约翰娜·德鲁克（Johanna Drucker）或艾丽卡·亨特（Erica Hunt）的诗歌读起来非常有趣，非常快乐，非常酷。

在 1996 年 9 月新罕布什尔大学举办的“汇集另类”大会上，丹尼斯·莱利（Denise Riley）声明，她认为自己的作品以及大会的代表作品都是主流。我由此想起了菲尔·奥克斯（Phil Ochs）所唱的《我宣布战争结束了》，于是立即欣然接受了她的观点。我们当然是主流，这毫无疑问。但有件事却令我开始不安。为何主流诗歌很少获得大的文学奖奖励和奖金？为何主流诗人未能在有影响力的报纸和国家级的期刊上得到更多的评论？为何即使这种作品确实顺便被提及，人们也通常把它当作废话而不屑一顾？他们认为这些评论者对主流文学价值观傲慢无知，所以就似乎被指派去评论诗歌。很奇怪，不是吗？

我认为最好的作品不会随着时间的推移而引起人们的注意。相反，许多作品被丢失或埋没，许多作品被破坏，许多最优秀的艺术家都由于灰心而放弃。批评的干预不会生产诗歌，但在最好的情形下，它的确创造写作诗歌和聆听诗歌的空间。从我的经验来看，担任编辑、出版商、批评家、翻译家和朗诵系列主持人诸如此类工作的诗人，在这方面做了影响最深远的工作。例如，我的朋友，Sun & Moon出版社的出版商道格拉斯·梅瑟利（Douglas Messerli）做了大量工作，取得了令人难以置信的成绩。他对当代文学做出了重大贡献，其重要性远远超过了美国的大出版商。梅瑟利所做的一切都没有融资，没有得到商业出版宣传机器的支持，也没有获得维持其他大型文化机构的私人基金，不过得强调，他在此过程中得到了公共艺术基金的资助（这段时期国家艺术基金在国家文化中发挥了非常积极的作用）。

RM：让我们谈谈重新恢复，即重拾个人兴趣，并将其引入现代主义的批评和讨论里。您略微谈到了您所认定的“激进的现代主义者”如何倾向于被主流的现代主义建构排除在外，也谈到了留给我们的是去政治化的现代主义。

即我所说的“极端的反现代主义”或“反现代主义传统”？

RM：对。您现在如何看待现代？在现代诗歌图景中，您能提供什么样的代表作来对抗那些课堂、诗歌选集和批评文献中的传统代表作？

嗯，我不想回应这个问题，免得让人觉得好像我是个努力客观描述现代主义的文学历史学家。我所做的多数事情都是为了扰乱文学史的描述，使其复杂化，希望也包括我个人的文学史。

我常常从现代化的经济和社会背景中思考现代主义，也从启蒙运动的角度去思考，这包括两个著名的视角，一个是中程的，另一个是远程的。对我来说，1910—1940 年期间文学现代主义最大的特征是诗歌方法的多样性。人们使用、发明、恢复的形式五花八门。再者，这个时期诗歌的多语逻辑（polydictory logics）为当今人们所说的“多样性”提供了有用的模式。

多样性常常是现在的主题，在文化和政治上都很重要，因为它突出了作家们潜在的巨大混杂性——谁可以写作，谁的写作重要。有时候我能察觉到这个有点情绪化，但这是因为我困在作为一名作家所做之事里，不是因为我是谁或我祖父母所来自的地方。但是当想到现代主义时，我就会对过去百年里大众知识水平的增长心存无限感激，因为读者和作者都民主化了。在此意义上，20 世纪的英语诗歌比 15 世纪印刷机的发明以来给不同读者所写的任何诗歌都要更加接近大众或流行文化，不管那些年代里有多少诗人个人多么受欢迎。潜在读者（而不是潜在听者）大大增加。在某种意义上，实现印刷机革命性的民主潜能用了 500 年。即使某本具体诗集的听众甚微，潜在读者的池子也很大。更重要的是，潜在作者之溪比西方字母社会的任何时候都更深更广。这一激进的民主化诗歌视野是现代创作之根本。

想到文学差异时，首先让我感兴趣的是形式上的差异，这种差异和身份政治不无关系，然而要具体得多。最让我着迷的是现代主义作家所调用的各种形式的范围之广。他们把这些形式抛入文化中，就像把测试气球抛入空中。现代主义吸引我的还有错综复杂的诗歌语言以及地方方言和习语，对语言视觉维度的探索，表演的复兴，对政治与写作关系的关注等。更平白地说，我以前也这么说过，诗歌中的现代主义代表的是激进的形式混杂性。这与其他艺术（比如说建筑）的现代主义形成鲜明的对照。后者似乎呈现形式同质的形象。之所以出现这样的现象，是因为每种艺术的物质基础不同。

我所关注的现代主义是一个正在进行的工程，参与者使用诗歌媒介从形式上而不是从主题上探索身份、意义、阅读、文化和听众等问题，实际上这是个人和社会的关系或科技（包括读写教育、印刷和网络等方面的技术）对知识的影响。

RM：对，对。我有些好奇，您说您不是历史学家，您感兴趣的是融合历史观，并使其复杂化。这对您所认为的您本人在文学史中的位置有何影响？在《来自运动的时间》（出自《一种诗学》）一文中，您探讨了语言的改变，我们和文字关系的改变是因为移民将美国英语殖民化了。您讨论了激进的现代主义者斯泰因、威廉斯和朱科夫斯基（Zukofsky）所开发的这种和词源关系相反的语言的联想关系。他们创建了一种即使不是独一无二也至少是独立于英式英语的美国风格。既然您在某种方式上把这些个体当作您的影响源，我想知道您认为您的美国特色是什么，任何意义上的。

也许这种对于诗歌的激进民主视界，或诗歌权威是生成的而不是领受的观点，就是美国特色。总之我认为是。也许我的“裸形式主义”运动也是一种美国打油诗特色，或者那种可用此方法构建的粗拙的优雅也是一种魅力。

还有，想到鲁布·戈德堡时，我猜，一些北美艺术家有自创规则“破坏的”传统，例如科林·南卡罗（Colin Nancarrow）、亨利·考埃尔（Henry Cowell）、哈里·帕奇（Harry Partch）、约翰·凯奇（John Cage）、莫顿·费尔德曼（Morton Feldman）……查尔斯·艾夫思

(Charles Ives) 等作曲家。或者，更近来一些的约翰·佐恩(John Zorn)、弗里德里克·热夫斯基 (Frederic Rzewski)、波林·奥立弗罗斯(Pauline Oliveros)、史蒂夫·莱许 (Steve Reich)、卡拉·布莱 (Carla Bley)、塞西尔·泰勒 (Cecil Taylor)、罗伯特·阿什利 (Robert Ashley) 和欧奈·科尔曼 (Ornette Coleman) 等等，这里仅举几个例子。当然，我也想到我为其写过歌词的两个作曲家——迪安·德拉蒙德 (Dean Drummond) 和本·亚尔莫林斯基 (Ben Yarmolinsky)。

也许只是因为作品在美国完成，这些思想或艺术家就有了美国特色。像南卡罗这样的侨民，人们也认为他是美国人。类似的事情在其他地方则有不同的含义。

我喜欢同严苛的现实唱反调，把美国想象成动态的过程而不是静态的国家或状态。我们从未完成“美国”的建立。在此意义上，“美国”不限于美利坚合众国。比如，以下观点都是“美国”化的：你可以把自己从傻瓜变成诗人，你不受既定身份的束缚，你受到某个名字的玷污，甚至是你故意去受到这种玷污。美国化不意味着必须否定或抛弃任何东西。

RM：但您确实想象了一种民主的空间，例如在《艺术的状态》一文里。在民主的空间里我们难道都不用担忧能否相互交谈或倾听？

我从未真正想象过我们停止担忧的时候。我认为担忧是我们所做的最好的事情。让我害怕的是缺少担忧。但我在努力探讨美国形式多样或错综复杂的空间——纵横交错的，需要分割或裁定却无须合并或融合的现实。但这一社会空间不可描述，只可付诸行动。

诗歌中的群体身份可能和个人身份一样成问题也同样有趣。但如果你批评单个诗人的声音，你也必须高度警惕作为一个声音出现在诗歌中的群体身份。同样，你得警惕通过聚合的群体，包括文学运动，去读诗的方式。

AC：我想知道您对声音诗歌及其政治陷阱的批评是否像您对群体诗歌的批评。如果诗歌是描述性的，您认为白人男性主人公的政治陷阱和黑人女性叙述者的一样吗？

不管是否是描述性的，诗歌的有趣之处是，因缺少对称而更加丰富：同一诗行有不同的意义，取决于说话者是谁或上下文是什么。但，是呀，我对这两件事情之间的类比感兴趣，这是无疑的。这是单个固定的声音相对于多个声音或表达的问题。诗歌的问题是表达——音乐、用语、语调，还有速度和措辞。声音已经是个具体化的东西（一个思想建构）——我们看到这些具体的音节建构，或称之为字母文字吧，我们说那是声音。但那也是词语，它有一种物质性。问题是，人们认为这些词语存在主要是为了表现某个叫声音的东西，我们读诗时也受这一阐释模式约束。按照“我的身份”（I am）来读诗与主要按照抑扬格（iambs）来读诗一样具有限制性。在许多情形下，这是否定人类声音及其浑厚、声调和粗哑——其不规则的波动。这也是群体声音的问题。群体是人类创建的描述——驾轻就熟，分外执着。但我在此谈论的并不是工会或其他志愿者组织之类的被公认为临时组织的群体。对于种族属性，这些天我们可以清楚地在南斯拉夫和俄罗斯看到的问题是，像与之相关的文类一样，我们有种这样的感觉：你的文类和你的血统更高贵。这种高贵通常“深深”隐含在民族或种族记忆里，从而启动一种不可改变的命中注定的感觉。我的意思是，“每个人都有自己的美”。麻烦！因为如果你真正只专注于你文类的真理，那么你最终会成为一个文类至上主义者。或者，你会成为一个族群清洁剂。

民族主义在欧洲、非洲和中东大肆抬头的时期，美国的民主空间成为更为重要的政治和诗歌的想象工具。幸运的是，我们没有与城市或地区相关的族裔聚居地，因为我们在思想上太接近族裔聚居了，但随着这种观念在现实中碰壁，这里所有的一切都变得非常混杂。这种混杂很好，我们应该庆幸混杂，庆幸迷糊，庆幸混合的权威。我们应该庆幸混血，以及所有形式的融合。这些是我们的民主远景。我们甚至应该庆幸“最纯洁的”自己其实是多元化的，因为我们每个人都是绝对多元的。

然而，我知道我在做一件本末倒置的事。我们文化中诗歌的历史价值，是让那些在主流媒介如电视、电台等没机会发声的人，通过小出版社和其他替代媒介发出自己的声音。此乃诗歌的一大活力。我感兴趣的是，我们中的任何一个或几个人如何发声，用什么来表达，以及那种表达的复杂性。当然，有某种身份的诗人，同时也具有其他许多特征，但他们的诗歌因此就首要地表达了他们的某种身份吗？确实，我这一代以及之前几代的许多有着特殊身份的诗人常常不考虑他们的特殊身份标签，至少在诗歌里是这样的。不过，识别某人的作品和其特殊身份的关系至关重要。我永远不会说，这个没有关系。问题的关键不只是有多大关系，而是那种关系如何在诗歌作品中呈现自身。我认为这是经常被忽略的事情。

RM：您如何看待您可能认同的各个群体里自己的身份？

我谁也不是，你是谁？无名氏。很高兴遇到你。或者这么说：身份识别的问题与我们的文化如此彻底地不相称，所以我没兴趣去肯定我可能有的多数身份。例如，我认为男性诗歌运动这种事情很滑稽、很荒谬。

RM：是多余的。

“多余的”是一种很好的表述方式。我喜欢炮轰、批判、嘲笑，有时候纯粹是忽视或压制可能与我相关的（包括我自己打造的）群组，从中我得到创作的动力。其他人不会那样做。当然许多诗歌都肯定诗人的群体、国家和人民，这肯定是史诗的主要价值之一。此外还有憎恶自己文化价值观的诗歌传统，但，嘿，如同我的英雄所言，反对才是真友谊。这是不是唐纳德·特朗普（Donald Trump）说的？我基本上是个很正面肯定的诗人。事实上我在此行业中已有25年多了，大约是他们要对我说我做的工作是多余之时了，但我说没关系啊，我会继续不断地做，直至其臻于完美。

诗歌的有趣之处是，具有破坏性、讽刺性，行贬低和损毁之事，它丑陋、烦人、不包容、不可理喻，同时又被人钟爱。

AC：诗歌通常被许多读者“钟爱”，尤其是那些学术界以外的读者。他们钟爱诗歌完全是因为诗歌指涉群体身份，代表了他们和其他人共享的经历或信念。学生通常那样读诗。那么，相对那种您批评的诗歌群体或声音，您如何评价、构建、想象没经验的或“外行的”诗歌读者的反应？

噢，我相信很多非学术界的听众能够认同我现在所说的许多事情。

我认为英语老师，特别是高中和大学的，也很可能执着于正面肯定的东西，这常常使得学生与诗歌疏离。如果我现在开始写关于我的5岁儿子费利克斯（Felix）是多么棒的诗，我想我的许多读者都会转向别处去寻求他们的诗歌需求。但是让他们去吧。费利克斯确实很好！多么棒的诗思，不知我为何从没想到过！我要写一首关于和费利克斯玩传球游戏的快乐的诗歌……但你认为那意味着我真的要和他玩这个游戏吗？

AC：说到诗歌听众这一主题，您认为听众在发生怎样的改变？因特网，以及诸如电子诗歌中心这类的项目有什么影响？

如同盖瑞特·莫里斯（Garrett Morris）所言，“万维网对诗歌非常有利”。诗歌与网络的文本空间有密切关系，低费用的网络发表对诗歌发表来说一直是巨大的诱惑。但我们仍然处在开发利用这一空间的初始阶段。这一空间被商业利用得越多，能够看见的诗歌就越少。罗斯·佩克诺·格雷吉尔（Loss Pequeño Glazier）英明领导下的电子诗歌中心是大型的志愿者行动（但在费用和硬件方面得到了来自布法罗大学的大力支持）。开始他们只是想创建一个诗歌交换总台，链接到其他诗歌网络资源，以及大的杂志档案馆、出版社目录和诗学专业素材（包括教学大纲，这些很适合HTML）。下一个大的项目是开始录制很多声音——RealAudio诗歌朗诵，尤其是马丁·斯皮内利（Martin Spinelli）制作的30个*LINEbreak*广播节目。我在节目中采访了一些诗人和作家。不过我认为现在最有趣的是HTML的文本空间，该空间打造起连接文本、链接、声音，和一些视频的超文本作品。白纸黑墨地写了一辈子后，开始选择背景图像——不仅是字体和字的粗细，还有字体的颜色，这种行为显得很疯狂。

但诗歌的命运不基于诗歌页面的网络点击率，或诗集的出售率，或朗诵会的听众多少。个体诗人生存很难，一直都这样。诗人出版作品获得听众都很难。与诗歌和诗人打交道是很重要的推动变化的社会力量。但是同时，我确实认为有很多人在聆听。如同肖蒂·佩特斯泰因（Shorty Petterstein）所言，“他们来了，伙计，他们来了”①。诗歌有听众很重要。比这个更为重要的是，目前诗歌作为一种艺术，非常激动人心，充满朝气，部分是因为诗歌实践者的数目。许许多多的人以很有思想很复杂很多样的方式在写作。写有趣诗歌的人数几乎史无前例。这样的诗歌不出于商业或流行目的，而只是出于对正在写的具体诗歌的爱，出于这些诗歌的正大光明性。

RM：嗯，这似乎是可以结束对话的积极音符，在关掉磁带之前要削弱该声音吗？

什么？你的意思是你一直在录音？

RM & AC：当然。

① Jacobs，Henry and Leafer，Woody，Two Interviews（Fantasy EP 4051，1955）.

对话 2　与埃里克·德努特[1]

ED[2]：在我们的时代，在北美社会，当个诗人意味着什么？

我这辈子已多次回答过这个问题。我对诗歌的社会环境，对“作”诗的过程中诗歌成了什么感兴趣。在 20 世纪 70 年代，我们有些人对诗歌采取了激进主义、干预主义的方法，当然都是通过我们自己的诗歌，也通过散文（通常是非说明性的，甚至是反说明性的），此外，还通过在小出版社出版作品、组织活动、发表“谈话”……所有这些都坚持诗歌是社会活动，而不仅仅是一种形式上的游戏和练习。我们对语言的思想维度很关注，这是 1968 年前后的反战活动所带来的直接结果。尤其关注这个时期（不幸的是现在没什么不同）与国家政治相关的语言滥用，这种滥用也出现在言说“真相”的官方喉舌里，包括电视和报纸。我们关心的是，控制语言如何领导日常生活的有效管理。总之，我们认为诗歌处理了，或最好说，重新处理了意识和语言的关系。也就是

---

① *Musica Falsa* 20（Paris，2004）。原题为“论《阴影时光》”（On Shadowtime）。《阴影时光》是布莱恩·费尼霍借用/围绕/关于瓦尔特·本杰明的歌剧。伯恩斯坦创作了该剧剧本。2005 年 Green Integer Books 出版社（洛杉矶）出版了该剧本。本次访谈结尾处引用本杰明《论历史的概念》（On the Concept of History）的话，出自剧本第二幕。关于该歌剧的评论、照片以及相关信息的汇编可查阅 http：// epc. buffalo. edu/authors/Bernstein/shadowtime。本对话整理、编辑自 2004 年 7 月于纽约的对话。

② 本篇对话中，“ED”是 Eric Denut（埃里克·德努特）。

说，我们想象诗歌的作用是在（口头）语言的前提之下，围绕该前提并对其进行思考：去探索，去真正地展示语言的形式维度，而不必创造关于语言、诗学或观念的理性说明或直接表达。

诗歌的社会功用是在致力于批评文化的同时，想象语言如何在其文化之内起作用，这就意味着诗歌可以成为大众娱乐和消费政治所加强的文化价值观的反制措施。同时，诗歌的美学功用是追求路易斯·朱科夫斯基所说的形、音、义之快乐时否定这一“价值”。

ED：这是否意味着诗歌必须与理论相联系？

对这个问题我在不同的时候有不同的回答。还记得1981年我替巴黎的一本杂志《变化》（*Change*）写的论文里的警句：“理论向来不过是实践的延伸。”当我们聚集在《语言诗》杂志周围的诗人开始专注非叙事和非声音中心的范式时，人们常批评我们太理智，也就是说，不够感性：太难，太复杂，也太理论化。现在，所有这些形容词对我来说都能接受；我认为最好取它们的贬义，把这些污名当作荣誉勋章来戴。的确，它们让人想起曾经是主流现在仍然是主流的美国诗歌实践的问题。20世纪70年代，诗歌必须用自由诗直接表达，他们喜欢称之为**抒情**。这依旧是诗歌的权威理论。相对于我的品味来说，该观点太自以为是，太教条。并不是理论规范诗歌，相反，诗歌和诗学都出自与既定事态的冲突。诗歌与诗学，理论与实践，都是相互关联的。诗学是诗歌实践的延伸、诗思的延伸，同时也是诗学的反映。

请允许我在此介绍一下瓦尔特·本杰明。他是多元思维而非线性思维的极好典范。本杰明的反思写作形式启示了一种多层或多修辞的诗学。一条思路似乎朝着某个方向行进，然后折回来，跟随另一个轨迹，只不过这个新的方向不是推理得来的结论，而是同时响应或折射先前的母题和最终的母题——此乃最不可思议之处。我指的是通常被称为断裂或分离的再思考方式。不要把碎片想象成间断的碎物，而是覆盖物、褶裥、折叠，一种共时的音符融合成历时音调的和弦或回音诗学。你可以在本杰明的《拱廊街计划》（*Arcades Project*）以及早期论文里发现这种诗学：愿意接受联系的多样性，该多样性展示的并非断裂，而是相互关联的母题之间的语言和副语言（paraverbal）回响。在理性的层面，这些母题开始似乎并没有联系。但是，当你进入细节，当你开始像听一段音乐那样听他的论文，你就开始感觉到所有的一切如何精妙地联系在一起。

理论就是理论所行之事。即使我喜欢写探究的直觉的诗，但还是存在许多导向直觉的概念化思维。直觉可以从外界获得信息，也可以在生活中实践（即做的艺术）。再次强调，在诗歌和诗学写作中，我抵制自己能理解的或能很好阐述的一切。所以理论有点像拐杖，一旦你能行走就会扔掉，然而在困难的时候拐杖却是一种安慰。我在一首诗里行进时（或者甚至在回答你的问题时），会努力穿越一个联系的过程：如果诗歌是理论（假设我们认为理论是反思和研究的理性结果的话）的产品就会简单得多。同时，我喜欢谈过程；诗歌不只是情感的表露（我是个诗人，我很感性，我在写我的情感），我认为这很重要。诗歌的**艺术**既像导航，又像船只。这就是切忌只重视诗歌或诗学中的一面的原因。我把理论留给那些比我们自信得多的人。我们总是跌跌撞撞地从一处走到另一处，发现自己总在其间的空白空间里。

一种文化媒介，一种写作类别，本身不可能劣于另一种。例如，新闻写作不比文学写作差。作为社会沟通的形式，二者各有局限性和可能性。但在我们的时代，需要强调的是，一首好诗和一部好电影一样好。

由于大众新闻、电影和流行音乐降低了我们对文化的评价标准，所以强调诗歌的特殊价值源自其小众的自由、复杂和深度就显得尤为重要。事实上，诗歌读者甚少，很难理解，诗歌不是大众艺术形式。国会图书馆刚刚宣布，我们的新美国桂冠诗人“用易懂的方式写作普世主题的作品”。这听起来像肥皂广告。我宁愿我们的桂冠诗人用难懂的方式写特殊的主题；可是话说回来我们有个由少数选民在反民主的最高法院的帮助下选出来的总统，他怀疑对外政策中“微妙之处”的价值。我们的文化需要，急需小、难、令人生厌的艺术形式。诗歌可以用语言做很多传统的故事讲述不能做的事情。如同威廉·卡洛斯·威廉斯（William Carlos Williams）所言，每天人们都在死亡，因为缺少在诗歌中发现的东西。

ED：您能描述一下美国诗歌的经济机构吗？

诗歌经济与利润格格不人，因为它是“负”经济。如同詹姆斯·谢里（James Sherry）曾经所言，如果你拿一张纯白纸，也许它值一个便士，但如果你在上面写首诗，它就一文不值，再也卖不掉了。然而，我再说一遍，没有什么东西很有价值。你创造了负价值，用另一种方式表述就是，那表明存在不同种类的经济，并且诗歌是一种交换经济。

很多人认为诗歌是一个乌托邦空间，没有等级，没有权力关系，因为金钱利益的最大化不是诗人及其出版商的动机。但是，对诗歌来说，令人高兴的是，乌托邦是宏大的幻想：价值观与评判，关系网与相互联系，都很强大。其上层建筑非常坚固，历史可回溯至很久以前，有时是一百年，从一个人到另一个人，一本杂志到另一本杂志，一次交易到另一次交易。诗歌的城邦里所发生的象征性交换对参与的人来说都极其珍贵。当然也得再次说明，该领域之内人们的态度可能火药味十足，毫无理性，傲慢自大，极具毁灭性。文化界中其他圈子存在的问题，诗歌圈没有幸免。但是，诗歌的潜在美学价值很高，高于许多美学只是实现其目标之途径的商业投资，这些价值由创造的作品及其交换价值来衡量。鉴于诗歌经济的特殊性，交换通常以最便宜的再生产途径产生，可以是复印件、酒吧里的朗诵、网站或 MP3 文件。在不以直接经济利润为目的的经济里，努力实现交换价值的最大化把再生产成本的损失减少到了最小。

如此产生的交换是“民主社会空间”的典范，因此在某种意义上非常具有美国特色，不过同时也与美国文化中以金钱利润或既定的宗教原则为主要价值源的文化极度格格不入。可以说，这种交换价值存在于文化之间或者甚至是文化之内的关系里。正是诗歌与主流的宏观经济积累形式之间的距离，赋予其社会、政治和美学权力，因为——至少可能因为——经诗歌实现或反思的“寄主”文化不仅强大犀利，而且从别的途径无法获取。一个歧视艺术家的文化也许比重视艺术家的文化更需要他们。

ED：在此意义上，诗歌是另一个世界的模型或乌托邦吗？

是的，但另一个世界总是，无论如何都是，**这个**世界；乌托邦只是迷失方向时的短暂样子，紧接着就会开始真正的改造工作。也就是说，**有些**诗歌可以帮助我们发现日常世界里**暗藏**的方面。我所说的暗藏没有神秘意义，只有社会和心理分析的意义，即被压抑、遗忘、否定和消灭的一切。让我们看看“大规模杀伤性武器”这样的概念。这样的言辞到底如何欺骗民众，使民众歇斯底里，到底如何通过一个地狱社会强加的意识，**创建**一个想象的世界以替代现实世界的呢？不可能仅仅通过反思、评论、批评和诗歌来逆转“洗脑”这样的事。然而，所有这些都有必要。同时，诗歌的存在面临这样的事实——也许令人痛苦——世界没有改变，至少没有以我们喜欢的方式改变。世界（不可避免地!）总是如其所是。我能想象另一个世界，每时每刻都在想象；但我并不喜欢用另一个想象的世界来取代“现实世界”这样的幻想。想象的世界存在于现实和非现实世界之间的空间里。我们可称之为阴影。

ED：您如何描述自己关于《阴影时光》的创作？

我在剧本里关注的主题之一是翻译。《阴影时光》里有几个层面的翻译。一方面，尽管我的文本独立存在，但更有趣的是，它被歌剧——布莱恩·费尼霍的《阴影时光》的音乐吸收纳入。那种吸收就是一个翻译的过程。另一方面，我特爱海涅（Heine）以及舒伯特（Schubert）为海涅的诗所配的音乐，但我也意识到本杰明是海涅的远亲，他对此不会像我那样热衷；我想布莱恩认为他的声乐作品与舒伯特的海涅没有任何联系。请记住，诗歌的配乐也总是诗歌的翻译。我曾经很好奇，想看布莱恩如何处理我翻译的两首海涅最著名的诗——《罗蕾莱》（Die Lorelei）和《死于寒冷之夜》（Der Tod，das ist die kühle Nacht）。事实上，我曾要求他做第二次配乐。布莱恩会如何面对民谣与歌曲的问题呢？最后，他在第六幕“七个生动图景”里，没有把文本谱成歌，而是朝着另一个方向反推，给诗歌配上乐谱以便朗诵和伴奏，不完全是说话声音（sprechstimme），也不完全是爵士乐或“表演”诗歌，更不是声音诗歌，而是某个存在于一个异常清晰空间里的作品，该空间迫使口头朗诵成为有形且完整、清晰（在节奏和音调上）的音景。

《阴影时光》里的其他翻译母题都直接和本杰明相关。例如，我说“本杰明”，发的是硬音“杰”而不是“本雅明”。如果我说的是德语，或者在学术交流中说到这个历史人物，都应该说“本雅明”。该剧中的“本杰明”是我们想象的产物。我们把这个历史人物翻译到不同的社会和美学情境中。我正考虑为本杰明构想一个美国的来生（也许也是为那些其世界和他的世界一同终结的世俗的欧洲犹太人）。《阴影时光》开幕于历史人物“本杰明”的临终。开幕之后，该人物成为一个阿凡达，（正是通过拉斯维加斯的一个入口）进入阴间或阴影世界。顺便提一下，我认为，本杰明不一定是自杀。没人知晓，没有确凿的证据，我们只知道他去世了。我们在歌剧里悬置了这个问题。事实上，现实生活中，他无论如何都是被纳粹所杀害；我认为，**自杀**一词不足以表达发生在他身上的一切。在某种意义上，《阴影时光》演示了本杰明所经历的一切的另一种“听证会”。第一幕之后的 22 分钟里没有一句话，只有音乐，布莱恩·费尼霍让我们洗耳恭听那次讯问。这太妙了，因为它给人们留下思考和质疑的空间：发生了什么？应该发生什么？为何叙事一定要是某种**表演**？为何我们不能有一段连续的纯音乐，舍弃任何受情节驱动的舞台表演？就因为我们构建的是歌剧的框架吗？费尼霍的手法非常动人、迷人、震撼人。该剧吸引我的还有歌曲与语言以及语言与诗歌的关系。想起舍恩伯格（Schoenberg）的《摩西与亚伦》（*Moses and Aron*）的最后一幕。舍恩伯格没有给该幕配乐，意在抵制某种方式上歌的物化，即把歌（不是说话声）与亚伦和金牛关联。抵制，或不能给文本配乐，也标志着拒绝将摩西的道德说教具体化为歌。舍恩伯格没有给《摩西与亚伦》的最后一幕配乐，费尼霍则逆转了他的做法。他在歌剧的开幕处安排了一段很长的没有文字的音乐，用吉他曲表示无歌词的歌，正好是舍恩伯格无音乐的语言之反面。

这幕之后，歌剧接着为“我们”想象的本杰明展示了一段旅程，大部分由天使、历史天使（让人想起或许是本杰明的随后一篇论文《论历史的概念》）的合唱来讲述关于1937年至1945年欧洲整个世俗犹太文化，以及其他欧洲犹太文化的灭绝。犹太知识分子都有何遭遇？我们得想象“本杰明”这个人物住在我们现在所在的曼哈顿的上西区。有趣的是，生活在美国的两个人，用英语创作了一部关于他的歌剧，受委托创作以及首演之地都是慕尼黑。我们的“本杰明”诞生于当代美国思维的空间。作为历史人物，他离开了这个世界，但没有离开我们的想象。我们如何“听”他？如何听历史翅膀的声音？这也是一种翻译：“本雅明”如何被译介为“本杰明”？

我最先听到的表演是第三幕“相似性教条”。在剧本中，这一幕舞台布位、想象的行动或发声的人物都很少。这是一套通过主题和数字标号关联的长度不一的文本，共13篇（我们称之为卡农）。有点像序列诗，和布莱恩的无言的第二幕一样，该幕与戏剧性的歌剧完全不同。我的方法是为布莱恩保持开放性和多样化。记得曾问过布莱恩我本人对《阴影时光》剧本的演绎，我给他寄过一盒我朗诵剧本的磁带——与歌剧对文本的演绎有何关系。他回答**毫无联系**。我非常喜欢这个回答，因为这意味着他想做的不可能在我能很好地独立完成的语音独诵的限制下实现。他的歌剧会有**别样的**效果，是我所不能想象的效果。我不感到失望。首先——我发现这是《阴影时光》配音最引人注目的方面之一——布莱恩有时候叠加了文本：剧本的不同部分同时被歌唱。于是语言成为复合声音中语音层的一部分。最后，如果你知道剧本，也许能听到清楚的语言串，但在复合声音里，你听到的不是单个的串，而是混合的声音。因此，这是我之前提到的“共时的音符融合成历时的音调的和弦或回音诗学”的例子。

如同最后一幕“失败时光之石碑”，“相似性教条”全部由历史天使合唱表演。《阴影时光》里的合唱和古希腊戏剧的合唱作用相同：都承担了讲述的责任。最后一部分是历史天使们的“独唱”。为何是合唱团的“独唱”？因为如果你在时间之外，把多个声音理解为一个声音，它就是独唱。在实际的表演时间，你听到的是多个声音——刺耳的杂声。这是理解凌杂和碎片的另一种方式，不过最终并不是碎片。在剧本中，我让历史天使说的话，与本杰明在《论历史的概念》中所说的话相反。本杰明写道，“天使愿意留下，唤醒亡者，整全被粉碎的一切”。相比之下，我们的天使呼吁我们“别从已经粉碎的一切中想象整全”。再次回答你关于“乌托邦”的问题，因为对我来说，重要的不是想象一个整体，而是多样性、碎片，以及边缘的火花。我们没有生活在一个弥赛亚的时代，我们眼里妨碍我们看清真相的鳞片没有消失，我们看到的是双重和三重的，而不是单一的事物。本杰明的“当下时间”（Jetztzeit）[①] 让我们在各种价值矢量的多样性中听到聚合了意念的真实时刻。通过断断续续地阻止音调的发展和变换，费尼霍营造了一种从曲调中释放出来的单个音符的感觉，这些音符每时每刻从一系列“当下”中发出声音。

希望你听出来了，这也是理解人们所说的费尼霍音乐的“复杂性”的一种方式。布莱恩同时结合了几个层面，“极度的复调”是解释他所做的一切的更好概念。即使我的话在听的层面不能直接被理解，也有可能在更高层面得到理解。叠加台词和音乐母题所创造出的东西不能在现实时间里听到，但是，这么说吧，它们是高级层面的复调。这是关于本

① 这是本杰明的一个哲学概念，原文为德语。有人译成“当时此刻”，有人译成“此时此刻”，意为“充满了现在时间的过去”。

杰明主题的寓言式音乐和文本的例子。

《阴影时光》最后一幕结束于对负经济的强调："照片的最佳图片/不是图片/而是其负片。"这也适用于歌剧本身：口头语言与表达的关系，信息与诗歌的关系，叙事与音乐的关系，对话与歌唱的关系。

对话3　与尤布拉伊·阿亚尔[①]

YA[②]：既然您是语言诗以及与之相关的诗歌运动的创始人之一，我想问，该运动怎样在美国诗歌中标志着新的转向，以及它怎样与美国诗歌的主流传统背道而驰。希望您能首先为我们的读者简介一下语言诗。

语言诗已经成了指代美国诗歌中一个非常喧嚣的时期的术语。从20世纪70年代中期起，纽约、旧金山、华盛顿哥伦比亚特区（但不只是这些地方）的一群作家，为了声援我们自己以及其他诗人的诗歌创新做出了大规模的集体努力。因为多数权威杂志、出版社和诗歌组织都偏爱另一种不同的写诗方法，所以我们在出版以及呈现自己的作品等方面都得依靠我们自己的资源。这是没有教条的集体行动。我们能够走到一起，既因为我们一致讨厌的风格，也因为我们在风格上的共同之处。尽管不时会有人试图给我们不羁且踌躇的行动强加秩序或清晰有序的历史，然而我们许多人把这些干预当成定义自己，反对诸如此类的标签和约束的机会。我们没有统一的历史，也没有统一的诗学。

1978年我和布鲁斯·安德鲁斯建了一个关于诗学与讨论的论坛。

---

① Aryal, Yubraj, ed. 2008. *The Humanities at Work: International Exchange of Ideas in Aesthetics, Philosophy and Literature*. Kathmandu, Nepal: Sunlight. 此为电子邮件对话。

② 本篇对话中，“YA”是Yubraj Aryal（尤布拉伊·阿亚尔）。

类似论坛其时尚无，所以我们觉得很有必要建立一个。当时主流以及其他诗歌界，都存在对反唯智论式的批判思维的反感。有几十个语言派诗人都偏爱既重历史又重思想的诗歌方法，同时对现行的诗歌正统以及美国政府的政策都持反对立场。我们质疑所有“既定的”诗歌特征，包括声音、表达、清晰度和阐述，提倡发明新形式，使用找来的（或盗用的）语言。在此过程中，我们推出了许多不同的、互相矛盾的诗歌方法与诗学。我们想把诗歌和诗学与当代的批评、哲学、思辨以及政治思维相联系，并与民权运动、女权主义、反战运动产生内在联系，这一愿望成为我们作品的显著标识。该标识也许催生了我们群体的各种名字，既得到过赞扬，也遭到了谴责。

YA：您长期被主流传统忽视和排斥。然而您的语言诗运动却不时赢得了人气。您和传统主义者有何共同的不满？

我和最亲近的诗歌同仁布鲁斯·安德鲁斯、罗恩·西利曼（Ron Silliman）、琳·何吉尼安（Lyn Hejinian）、莱斯利·斯卡拉皮诺、苏珊·豪、尼克·皮翁比诺等人都对20世纪70年代至80年代早期的官方诗歌文化不满。那种诗歌文化死气沉沉，要求整齐划一，专横霸道地排斥激发了我们写诗的历史和当代具象。我们集体探求别的路径，回到激进的现代主义寻求创新，同时捍卫我们认为最有趣的上辈诗人的作品。我们就思想体系、艺术、政治、美学和哲学积极交流意见，通过在小出版社集中出版书籍和杂志宣示我们的奋斗。在此交流的过程中，我们建立了深厚的友谊，同时也有很多意见分歧、很多集体活动和一致行动。

YA：我非常欣赏您诗歌中颇具启发性的新意，有点像玛乔瑞·帕洛夫，但觉得没有足够强大的理由去反对那些认为您这种先锋诗人是在倒退和逆行的批评家。对于他们的针砭，您如何替自己辩护？

我处于一个令人嫉妒的境地，有人批评我太左，有人批评我不够左。诗歌不是政治行动，本身不会改变世界。但左倾政治不像语言那样塑造我们对世界的感知和反应，这样的政治会搬起石头砸自己的脚。语言受意识形态浸染；诗歌可给意识形态提供一条走出幽闭空间的出路。

如同诗歌的问题一样，政治的问题是如何界定真实、如何描述事态。我们通过隐喻看世界，并回应这些隐喻。没有完全纯洁的写作。诗歌标志着纯洁的终结和想象的诞生。

YA：但在尼泊尔这种还在努力摆脱封建桎梏的国家，您的诗歌如何能给新的社会（也许是艺术）人文主义带来希望？

我常常在想我和我最亲近的诗友之间有何共同之处。随着时间的推移，我明白了20世纪70年代纽约的诗歌气候与旧金山的有多大区别。虽然有点不合常理，我感兴趣的却毫无疑问是突出差异以便寻求到可能的共同之处。共同之处通常是强加的，由内部要么最有控制欲要么最偏执的人掌控，或者是两者，这让我感到害怕。也许更好的说法是，我们的共同之处是抵制对话的意愿。因此，我肯定不能说我的作品对你们有何价值，不过它是非普世、非真理、非公正的诗歌之典范，欢迎随时交流和使用。

YA：语言诗如何吸收后结构主义理论倾向中的基本准则？

请容忍我再次重复：**不存在**什么语言诗。《语言诗》杂志大约30年前出版了第一期。这是一个有趣的项目，但它不界定当时或其后的诗歌，包括我自己的诗歌。我们的杂志，以及当时其他一些杂志和出版社，代表了变迁的风景中特殊的一组关切。但不管是那时还是现在，任何一套界定诗歌或诗学的“基本准则”都是我所反对的。

至于后结构主义，这是个很普及的概念。很多人更熟悉这些文化方面的进展，却对诗歌方面的发展不太了解。事实上，你可以说，我们的诗歌虽然和其他文化进展处于同一时代，并不来源于它们。不过，从长远来看，互动和交叉联系会更明显。《语言诗》杂志的诗人常常对结构主义、后结构主义、后现代主义提出尖锐的批评，这无疑是这个时期我批评性写作的重要部分。但如果与科技理性、宗教原教旨主义，以及市场至上主义相比，我们和后结构主义还是有很多共同之处的。

YA：这难道不是过度理论化吗？难道不会有人指责您是诗歌理论家吗？但是，我要强调我是理论的拥护者，完全赞同您“理论是理论所做之事”之说。

危险的是不够理论化，从而沦落到平庸世界的臆断里：再次回到经检验证实的一切里。我常强调，相比**理论**我更喜欢**哲学**、**美学**和**诗学**这样的术语。这些术语给人的感觉是，我不是一个理论家，而是一个反思自己实践的实操者。我的许多诗学都很实干，都不系统。不过，那些反对“思考”或批判性反思，却偏爱所谓的直接的个人表达的人，可能对诗学和理论之间这样的分野充耳不闻。这里我不想进入鸡和蛋孰先孰后的争论——诗歌和诗学互为信息源；但那些想否定其写作的思想基础，偏爱直接表达的人，有陷入僵化的教条之危险。我特别喜欢极端的诗歌形式，反常又奇怪的形式，喜欢构想的过程以及过程的构想。我从不认为我用的词语表现一个既定的世界；我用每一个词去创新作品。诗歌既是错觉也是启示的产品，既是幻想又是现实。

YA：人们通常误解理论与您是主要倡导者之一的先锋作品之间的关系。先锋作品是理论（和批评）还是由创意想象构建的文学作品？如果文学和艺术变得非常理论化和复杂化，读者就会错过享受美学快感的机会。您对此有何看法？我们需要理论来表达我们的创新冲动吗？我们需要理论来欣赏艺术作品吗？我那不识字的老祖母不了解理论，却能很好地欣赏她经常哼唱的小曲。她平庸吗？当然，我们现在生活在后文学时代（像我祖母那样的人除外）。

理论向来不过是实践的延伸，这是我的座右铭，我想把它印在我的餐巾上，可我用的是纸巾。我一直都抗拒**理论**这个词，我没有理论，只有美学和伦理。我不想做任何解释，只想继续对话。我有一种过时的感觉：我们要谈论的是思想体系，不是理论。布莱克（Blake）说“眼泪是智性之物”。换句话说，我发现许多致力于使感情戏剧化的传统诗歌，对我来说太过理论化。我要语言，不要情感的再现；我要美，不要思想；我要感觉，不要经过加工的（具象化的）感情。

我无法评论你的祖母（我祖母出生在俄国，9 岁时只身来到布鲁克林)，但是在文化的宫殿和大众传媒的荆棘里，我们被平庸包围，教育根本不是防护伞。正如教育需要教人放弃教育，理论的问题是，它需要理论来治疗。阶级价值观并不高级。我提及的平庸都有不同程度的极端，都骄傲地显摆学究的无知。这些人的问题在于自鸣得意，高高在上。你不需要任何理论就能嗅出这种味道。

对话 4　与杰伊·桑德斯[1]

如果说诗人是“用词语绘画的画家”，那么查尔斯·伯恩斯坦则肯定是装裱店的兼职人员。墙上挂着一列列的样品，包括最艳俗的仿金卷轴和最素朴的黑色漆饰。我可以想象他狂热地拿着每件稀奇古怪的样品靠近顾客的画作边缘，以评估整体效果，挑战顾客的容忍度。他推荐用便宜的卡纸画框装裱博物馆的大师之作，用镀金的银片装裱婴儿的涂鸦之作，用异域的木框装裱狂欢节获得的劣质招贴画。他的诗学是装裱和重修装裱的诗学，保证不变的是：如果你终于喜欢上了他的诗歌，他会迅速尝试另外的东西，不收分文。去年（2009 年）12 月，我们见面谈论他的新诗歌选集《天堂里所有的威士忌》，以下是我们对话的一部分。

JS[2]：我记得曾读过杰克逊·迈克·洛 20 世纪 70 年代晚期给《语言诗》杂志写的一篇短文。他记述了您怎样给他发邮件，列出关于他过程化、偶得诗歌的问题，然后敦促他回应。他对您的刻画自那以后就留在了我的脑海里。您大尺度地反对孤立主义，而孤立在诗人中间也许很自然。(笑)

---

① *Bomb* 111（Spring 2010）. 感谢莫妮卡·德·拉·托尔（Mónica de la Torre）的编辑。整理自 2009 年 12 月 13 日于纽约的对话。

② 本篇对话中，“JS”是 Jay Sanders（杰伊·桑德斯）。

他们的自然生活状态也许倾向于乖戾和孤独。1980 年，杰克逊 60 岁生日前后，我和安妮·塔多斯（Anne Tardos）为他组织了一个盛大的生日庆典。他那时大约是我现在的年龄。有一大批人参加，包括约翰·凯奇和拉·蒙特·杨（La Monte Young）等艺术家。杰克逊是一个热情高涨的表演网络的一员，但作为诗人他没有得到足够的认可。他不是那种努力去争取认可的人。正是在这种情形下，我参与进去，因为我和布鲁斯·安德鲁斯正在办创刊于 1978 年的《语言诗》。杰克逊对我们来说非常重要。

JS：杰克逊热切表明的正是您那种特殊的“参与”方式。我不想弱化您早期工作的这一面：声援像汉娜·韦纳和罗伯特·格瑞尼尔（Robert Grenier）这样极度不合常规的作家，我只提他们两个。多亏您的努力，他们的作品对我的思维产生了巨大影响。如果您细察被当作激进的美学突变写进历史的《语言诗》，您会发现，该杂志事实上体现了您作为奇特、新奇诗歌的推动者、推广者、选集编撰者、归档者所做的联络工作，它为您不懈的努力提供了舞台。

在《语言诗》的引言中，您应用了网格结构的比喻，网格传送能量的方式与线或绳不同，也许是特意和您自己的诗歌实践相关联。

这是布鲁斯的术语，不过我们都有这个想法。我们创办《语言诗》时，试图在有分歧的人群之间开启对话。如你所说，该杂志没有尝试缩小差距，而是鼓励对话，不仅是同辈诗人和同一视域诗人间，而且是不同辈分诗人之间，以及诗人和其他艺术家之间的对话。不过，狭隘的诗歌界的反应却是，有人开启了某项排外的项目。我们给当时占主导地位的**体面**诗歌推荐了一个替代品。我们的诗学是（一些）被排斥者的诗学。

JS：也是替暂时被封闭的可能性重新发声，替已经存在但其他人看不见的联系鼓气。

我们尝试以杰罗姆·罗森博格（Jerome Rothenberg）的《词语的革命》（*Revolution of the Word*），以及罗森博格和皮埃尔·乔里斯（Pierre Joris）合编的《千禧年诗歌》（*Poems for the Millennium*），玛乔瑞·帕洛夫的《未来主义时刻》（*The Futurist Moment*）为典范，追溯激进诗学的历史。如果你回溯30年，就会发现如今作为当代诗歌之基础而广为接受的诗学当时却被残酷地拒斥。诗歌引力的重心已转移到激进的左面，但并非所有人都获悉该情形。现在即使是较主流的诗歌杂志都有一些比20世纪70年代中期的诗歌松散得多的形式激进的诗作。

JS：在您自己以及您诗友的早期作品中，可以感受到当时沉稳的诗歌和政治气候中那种很强的目的性和激发性。凭借独特的灵感和策略，那种担心人们是否接受的焦虑或挣扎似乎隐含在您作品的实际肌理中——这是您作品的关键特质。随着局面在你们共同的努力下逐步打开，也可以感受到人们接受态度的转变。这在其后出现的诗歌中得到反映。现在可以看到更多的能冷静践行形式断裂的诗作。

是的。我想指出的不同之处是，一些新近的诗歌和诗学一致排除了形式创新中有争议的部分。这体现在诺顿的《美国混杂》诗选里；尽管编辑欢迎某种省略、碎片的风格，但他们也试图在极端之间寻求折中。我认为，具有撼动性的正是极端、失常，甚至是说教主义。如果诗歌变得常态化，更多地围绕技巧转，它就会失去重心。我对七八十年代形成的任何风格都不感兴趣——不管是我自己的还是别人的。问题的关键从来就不是风格和技巧。你必须在一定的背景下解读那个时代：当时人们极度抵制非线性诗歌以及运算法则式的形式、挪用的语言以及非“我”中心的诗歌——所有这些如今都已被接受。过程现在甚至也成为一个揭示隐藏代码的技巧或形式，有时像僵尸一样出现，有时就像纺织原料或布料肌理生发器。

JS：我最初全面接触的实验诗歌是凯奇和迈克·洛的，他们重过程的形式也和20世纪60年代的概念艺术实践互通。他们公开而严格地对待创作过程，无论其结果多么奇怪。我开始创作形式比较混杂的作品时感觉度日艰难。那种写作注重过程却弱化形式问题，每一刻都处在诗歌自身漂移的背景里。过程和写作策略都在起作用，可又没有明示。然而，我越来越觉得这些混杂的形式最有趣。

你的“混杂”和诺顿选集的**混杂**几乎相反，这真是个耐人寻味的反讽。当某个“多产的”省略风格变得较主流时，我认为它就有丢失其最为激进的动力之危险，该动力来源于把表面上不相似的事物并置以创造不可同化的作品和经历。在《语言诗》杂志对迈克·洛的访谈里（他称之为“缪斯信”），我问他：“你骗过人吗？”我的意思是，写作时是否做过删改，不按文本生成过程本来的样子呈现。我认为这就是你所说的“混杂”。相比之下，我更喜欢“融合”一词，因为混杂是一个有问题的有机隐喻。我所着迷的是，把表面上不可同日而语的事物并置，让它们一起产生神秘的力量或强度。迈克·洛友好地回答：“没有，我从不那样做。我制定了规则。也许我会犯错……”一旦建立起体系，他就接受其结果。我常常用审美的方式读他的作品，然后说，“嗯，我喜欢这个质地”。为了创新，我必须改动那个词语以增加一些色彩，一些任何单个体系都未充分表达的差异。

我的作品由各种不同的现成材料构筑而成。我在任何给定的时间里做我喜欢之事。偶尔也许会有几首严格过程化的诗歌，但即使是这些诗歌也常常在使用或偏离过程的方式上具有讽刺意味。我是个荒诞玄学家，我寻求的是急转和特殊性，而不是在单一、整合的形式中创造出的任何东西。如果你回头看迈克·洛那一代人——不只在诗歌里，还在视觉艺术、音乐和表演里——你会看到过程化作品的兴起。我自 70 年代初期的作品都是后过程或后概念的。那也是我们当时在《语言诗》杂志里所做的事情。

JS：几年以前，您把我介绍给剧作家兼导演理查德·福尔曼(Richard Foreman)。对于任意、偶然生成的作品，了解游戏规则或体系能让您轻松面对难懂的文字——没有什么隐藏在您视野之外。但是尽管福尔曼的写作从根本来说很松散，他的舞台表演很特别，但他在不断转换语气和感知时，实际上却创造了许多相似氛围。

我认为这正是我和福尔曼的相似之处。1975 年离开 7 年之后我又回到纽约，自那以后，我看过他的每部作品。我和他在 1992 年的会谈中部分讨论过这些问题。

JS：您似乎总站在门口，在理论和实践、批评和艺术之间踌躇。您发出诗人的声音和批评家的声音，二者如同布袋木偶，您短暂地操控它们，然后丢弃。我觉得您在阐述美学问题时，没有离开自己的诗歌实践以宣言的方式说话。相反，创作诗歌与评价诗歌之间的范畴成为您广阔的活动领域。

我很喜欢你的用词——**踌躇**！想到 20 世纪 50 年代科幻电视里的示波器，我曾用一个准科学的术语，把自己进进出出理论框架的节律冲动称为**摇摆**。**摇摆**暗指正式，踌躇则暗指担心、含混、想要不同东西的欲望。这更契合我的体验，契合布袋木偶这一形象……

要知道，我常常受到的一大批评是（不只我一人受到过这种批评）我的理论写作要有趣得多。在我看来，我从不写理论。但是，我没兴趣打破散文和诗歌之间的界限。作为修辞学家和诡辩家，我对文类分界很专注，虽然在我不合常理的写作实践里，一个文类并不附属于另一个。我把这个当作停靠站之间的急转，甚至是削弱双方之权威的竞争。确实，我一方面嘲笑并动摇致力于把抒情诗作为向真理或真诚致意的根基，另一方面，如果你所说的理论是稳定、说明性的知识生产模式，或者再说一次，是以真理为目标的批评，那么我应该被你的共和国所驱逐（我已经被我的共和国驱逐了）。我关于诗歌和散文的踌躇诗学是序列实践，是众多声音的游戏。

JS：通过夸大这些声音中每个声音内在的行动力，您揭示了每个声音根本上可被操控的方式。您戳穿了它们的幻象。您提到了艺术类型。我读《天堂里所有的威士忌》时，也在思考在具体的诗歌形式之中您和艺术类型的关系。想到了电影制作人——他们在艺术类型的限制之内做事，但同时也改变艺术类型，揭示他们能在多大程度上偷偷地做形式革新。

这点很关键，但开始并不明显，而是在我写作的过程中变得更明显。我把诗歌当成潜在写作的领域，当成布满次文类纹理的超文类，但同时又具超级吸收力——它可以吸收无限的语言风格和形式。我觉得比较有意思的是，不把诗歌当成本质上崇高的艺术形式，而把抒情诗（或田园诗、都市诗、拾得诗、析取诗、史诗、律诗）当成最**低级**、最自觉意义上的文类，就像恐怖片或侦探小说。但创作这种低级文类的诗歌是我所有创作活动之素材，但是那种活动在超文类或诗歌的多韵文里进行，有意识地反映诗歌漫长而可疑的历史。如大卫·安廷（David Antin）所言，作为超文类而不是次文类的诗歌，可以理解为语言艺术。它是文字艺术，是语言的研发武器。然而，尽管历史悠久，诗歌的可能性仍不可预测，因为在某种意义上，诗歌**作为**艺术这一事实仍然不为人知。

JS：您的诗歌公开承认创建自己的语境，在过程中构建自己的框架。每本书都有关于其内在局部特性的焦点，也有贯穿全书的一系列张力。一卷诗选中的诗歌从其语境中脱离之时，其预期是必须能引发人们关注这些事情。您过去的每本诗集都编排得非常好，《天堂里所有的威士忌》的结构怎样？

这是1975年到2005年的诗歌选集。我曾经非常抗拒汇编选集，部分原因是我总是沉浸在我当下的诗歌里。不过还有一个结构上的原因：我的每本书都是选定诗歌的集合，这样的书有特定的重心。直至现在，我都不能想象从那些书里节选某些部分，这就像你要求一个小说家做一个“选定段落”的集子［但是我无论何时都会喜欢保罗·奥斯特（Paul Auster）、彼得·斯特劳博（Peter Straub）、莉迪亚·戴维斯

(Lydia Davis)，或塞缪尔·R. 德兰尼（Samuel R. Delany）等人的选定段落]。

我从来没有按时间顺序写过一整本书，而总是把一些诗歌作为“群组秀”放在一起，这些诗歌选自一个时间跨度，展示各种不同的风格。后来我意识到这件显而易见之事：为何不把所有过去的诗歌作为创建新群组的素材呢？这个方法把我从“最好的诗歌”的想法中解脱出来，我还真不知道哪些是最好的。我决定创建一本不只是回顾而是有自身个性的新书。这本书将不同于我以往的任何一本，但仍然会有结构上的一大相同之处：一首诗歌和另一首诗歌之间差异的极大化。最后我从过去三十年里的诗歌中平均选取诗歌，不只是以选取几首长诗为主，或选一些我最喜爱的、效果与其他诗相似的诗歌。我选的诗歌有自身奇怪的美学，自身的形式、文化和社会逻辑。

该书的第一首诗歌《避难所》（Asylum），选自20世纪70年代中期，完全截取自社会学家尔文·戈夫曼（Erving Goffman）的《避难所》(*Asylums*)，主要截取一个句子的最后几个词以及下一句的开头几个词，然后把截取的部分组合成一个场域或系列。《避难所》关乎与外部隔绝的环境：疯人病院、寺院、监狱。在第一首诗歌之后，我根据诗歌对这本书有何具体贡献来选取。该诗歌序列营造起这样一种氛围：诗歌相互碰撞，而不是讲述一个故事或加强一个主题，有点像打乒乓球。我寻求最大的诗歌串联。我所依据的原则是，每首前面的诗歌都为下一首诗歌构建背景，而下一首诗歌又依次转换该背景，如此以往。因此，在此意义上，所有的诗歌都处于具体的背景中，都不只是独立地在自身之内被体验。它们的意义通常都是修辞和表演性的。

JS：说到表演，您的作品中总存在与娱乐的多种形式的复杂关联：

喜剧、把戏、声音、流行音乐和诗歌套路。您把娱乐和严肃混杂在一起，结果就产生了一种既悲剧又喜剧的蓬头垢面的真挚，极其严肃同时又非常无厘头。

谭林（Tan Lin）探讨过氛围诗学（ambient poetics）——想想布莱恩·厄诺（Brian Eno）的部分作品——相比表面上难懂、碎片化的抽象诗歌，例如庞德（Pound）和艾略特（Eliot）（还有一些我亲密的诗友）的诗歌，氛围诗歌会提供一种轻松的听觉体验。我认为这是对诗歌之难的深刻而机智的评论。但是谭林构想的诗歌对一些读者来说也许比早期的难懂的诗歌更无法理解。我的诗歌中，难是质地，不是目标。有时候我对难的东西感兴趣，有时候我对显而易见扑面而来的东西感兴趣。我也对处于难与不难之间的所有质地感兴趣。质地间的移动产生诗歌的节奏。如果难是节奏或质地的模式，那么唾手可得的娱乐则成为另一种修辞可能性，另一种笔调或比喻。我不想在二者任何一个里驻留。

《天堂里所有的威士忌》中出现一种彻底的清晰：同一结构的重复，让人很难走神。谭林把氛围诗歌与那些无论你多么努力去注意都会失去线索的难诗相对照。后者令人焦虑，这种焦虑本身也许有趣。然而你能否创造一种**不可能**跟丢的诗歌体验呢？我尝试通过重复的结构来创造这种体验。即使你不知道诗行之间如何相互联系，每个新的诗行还是像一颗铆钉——诗歌极其清晰，你不可能失去线索。这是一个令人不安的过程，因为你**无法**走神；诗歌的形式太引人注目。可是话又说回来，错过某些关键内容所引起的焦虑，倘若在其他质地的文本背景里上演，也可能很有趣（文本闹剧）。我的有些诗歌演示了无法跟上的情形，这是最接近我日常生活的模仿。

我认为任何事物本身都不是目的，而只是通往另一途径的途径。**从**

一种途径到另一种途径的过渡就是节奏。如同杰罗姆·麦克甘（Jerome McGann）所言，我的诗歌是“谬误里的真理”[1]。有时候我的诗歌很有趣，我从不放过使用双关语、笑话，以及轶事、警句和打油诗的机会。不过我肯定也使用其他模式，有些或迷人或动人或有趣或抒情，但有些非常令人讨厌，还有一些绝对地哲学。

亲爱的杰伊，你知道这样的作品在娱乐业不会成功。娱乐业要求作品始终以同样的方式娱人。然而，我常常无法信服单调！单调就是整部作品中具体的思想以同样的方式重复或展示。我的方法也许吸引喜欢漂移的表面和剧烈的振动的读者或听者，笔调踌躇，从阴郁到喜气再回到阴郁，但总体结构会把你拽入时而悦耳时而刺耳的律动中……不连贯的部分融合在一起时，体验就得到了强化。

JS：再说说您和理查德·福尔曼非常相似的地方：一开始就抛开要点，故意迷失在具体事物里；翻来覆去地翻转某物，以重组出尽可能多的不同版本。

从高度形式化的舞蹈至先锋电影、达达主义和超现实主义，布莱希特（Brecht）、格特鲁特·斯泰因和歌舞杂耍等各种来源，福尔曼窃取各类表演、视觉艺术及诗歌语段，以创造一个强化体验的网络。他的方式对我来说一直都是极具影响力的典范。我的创作有一个根本的解释体系（许多更为传统的表达性诗歌和剧本，可能使用技艺加强连贯性，使其独特的结构原则显得自然）。我的作品没有原则，不过还是有其独特

---

① Truth in the Body of Falsehood. In *The Point Is to Change It*: *Poetry and Criticism in the Continuing Present*. Tuscaloosa: University of Alabama Press.

的美学、明显的敏锐，以及独有的意识形态屏蔽。**缺乏原则就是一个原则**。我的诗学具有偶然性和诱导性；其基础是这样的执念：并置一物与另一物，尽我所能在语言文字的范围内创造强烈的美学体验。

JS：您的诗歌公然表示承认听众的存在，这是您作品的关键及标志。读者的“存在”以无数的方式得到明确的处理。“表演必须继续”，总在继续，意味着您不断揭示表演一开始就产生了表演的幻觉。这和神秘的赫尔墨斯主义正好相反，虽然您的作品表面看起来偶尔神秘。

神秘的作品贩卖秘密。我更喜欢秘密的气味而不是真正的秘密。我无锦囊也无妙计。就我而言，虽然很多东西都向我隐藏，但我从不创造隐藏的东西。我感兴趣的是，使介入无论是表演还是书写的语言文字之体验变得有触感，把那种进入作为诗歌延伸的社会领域的一部分。听者不是在文本之外而是成为诗歌的一分子——我试图理清某人如何走进书面文字，或某人听到表演诗歌时如何体验语言。这几乎就是阅读现象学，不同于试图传达意义或表达感情。我的方法考虑到读者或听者如何进入语言空间，因此也就更加空间化。

语言文字通常与信息提供、法律以及逻辑或散漫的表达关联。这些关联，比方说在视觉和音乐语言中，实际上很难改变。我们可以在一首诗的语言艺术里避开语言的使用价值，否定使用价值的表面目的以实现反思目的。但是语言文字是我们文化中非常强大的（而且很大程度上不可见的）力量，对文化的感知体系有很强的规范作用，以至于其规范和象征力影响到了体验语言艺术方式的每个方面。扩展的语言无意识领域就是诗人的工作对象：不只是页面上的字母，乱七八糟的曲线，意义和韵律，而是词语的社会物质性被读者遇见和抓住的方式。换言之，诗歌媒介不只是思想和词语，也不是诗人私人的想法，而是作为社会媒介与公众互动（我爱说**互相启动**）的词语。读者或听者走入哲学殿堂。诗人用变换的风景和环境为旅程创造不同的状态和空间。

JS：我们初次见面时的对话围绕文字和视觉活动的关系展开，但是两种艺术形式之间有极大的区别。有时候我碰到向艺术界靠拢的年轻诗人，他们认为创作更为激进的作品是一种额外的负担，觉得很沮丧，因为他们必须从需要自然语言和抒情韵文的诗歌强流里清晰地捍卫其实验性。而在艺术界，现在回看50多年，可以看到抽象派，或是极简主义，然后是概念和过程艺术，制度批判等，这些发展中后者总是相当舒服地建立在前者之上。今天几乎无法想象一个视觉艺术家由于不模仿自然而受到逼迫。这在视觉艺术里是不存在的问题，但在诗歌中，似乎一直有这方面不止息的争斗。

你会认为我是在开玩笑，但我要说视觉艺术中不再有关于“真实”的争斗是很大的损失。尽管人们表面上一致接受非具象以及后概念和超概念（我们不是任何“后”的东西，而是与我们的艺术史并存）艺术。这本应该使得视觉艺术更为激进，但实际结果并非那样。视觉艺术的激进程度恰好就是每个艺术家个体的激进程度。和你一样，我反对在两种艺术间做任何简单化的比较。视觉艺术里的语言或诗歌通常弱得令人尴尬，正如诗歌里的视觉艺术通常都很乏味。根据具象或概念性之类的理念把诗歌和视觉艺术做直接的比较是绝对的错误。我们各自有自己要打的仗，有各自的创作背景。

JS：如果说诗歌的优势是其在意义上的抗争，那么视觉艺术的优势则是在真实在场和艺术再现之间的抗争。真实在场和艺术再现之间的矛盾在未来只会变得更紧迫。大约10年前，我们在玛丽安·博斯基画廊（Marianne Boesky Gallery）组织了诗歌造型艺术展（Poetry Plastique）。[①]我们致力于呈现诗歌物件，审视强化诗歌和视觉艺术的重叠之处的当代实践，给这两个艺术世界持续的合作和关联历史注入新的活力。

视觉艺术在时尚、市场份额方面有巨大潜力，但其劣势是，看起来好像只是装饰品，没努力去解决知识、伦理、真理或权力等方面的问题。另外，诗歌则与语言领域的信息提供和表述特征紧密联系，任何脱离该联系的尝试都会激发最真诚的反应——这是诗歌的一大资源，也是它成为非大众艺术（令人自豪的现状!）的原因。在诗歌造型艺术展中，我们展出了强有力的融合作品。语言和视觉维度在这些作品里都充分发挥了表现力。

JS：您在诗歌革新事业上一直不知疲倦地工作，几乎无人能及。此刻，您能否就长期以来抵抗您认为最吸引人的诗歌，包括您自己的诗歌，发表一点个人的看法？

当然可以。诗歌体制内部根深蒂固的保守让人灰心，可是这一特性无法改变。我所运用的是人们对其持很深偏见的媒介。这很令人振奋，如同你进入科德角寒冷的海水时的感觉。我在另一场合说过，**资本主义也许不是宿命，但它给人的感觉就是不可改变的宿命**。这样的战斗都很艰难，对每个新读者都是从零开始。然而那种重新发现我们的语言文字

① http：//epc. buffolo. edu/features/poetryplastique.

如何构建世界的意义时的感觉非常令人欣喜。

JS：在最理想的状态下，诗歌是一个幻想空间，一个纯净的地方。在那里，语言的全部潜能，包括其所有内在的文化含义，都可以自由地游戏。尽管您在创作中尝试各种方法，但您总是让诗歌为其自身说话。参照我们这里的讨论，我能明白被贴上“概念诗”标签的诗歌的出现怎样表明了一些诗人急于让人们把他们的诗歌当作艺术。这一问题更强行直接的表现是，诗人拙劣地模仿二十世纪七八十年代，挪用那时相关的艺术主流风格，并将其嫁接到他们的诗歌实践里，看看这些招数里哪些也许仍然强势。然而，这种创作方式极有风险，因为尽管作者用挪用艺术作者缺席的魔法来疏离作品，却使人们重新注意到作者的权威及他/她重塑和展示所挪用的艺术的巧妙能力上，从而丧失了去除作者的抒情自我的先锋诗歌所应有的力量。我喜欢控制痕迹不太明显的作品，其作者似乎在对作品的实际体验中故意放松了控制或最初的关切。

我感觉受到所做之事而不是该事之外的牵涉。我和我所在社会的深层结构及表层现象合谋。也许我的特征是（绝不可能地）避免再做同样的事情，避免就是其自身的重复形式。我在任何时刻都试图超越我能理解的那一点点，这是我创作的动力。如果我明白怎样做某事，那么那事就不再有趣——我在寻求超出我理解的事情。

如果说我以《避难所》开始这本书——避难所是个封闭的系统，那么接着我就是在努力寻找一系列把我包含其中的其他系统和语言结构。我认为自己并不高于所引用、提及或讽刺的材料；我由它们的文本组织建构。我不能站在自己所题写的循环之外。我没努力争取批判的距离，而是通过写作新的诗歌努力消除这种距离。我不去想象自己能脱离神秘化。如同比利·维尔德（Billy Wilder）1948 年的电影《柏林艳史》（*A Foreign Affair*）中，在那不可思议的充满幻象的极权体制向另一个体制过渡的历史性时刻，在刚被彻底轰炸过的战后柏林马琳·迪特里希（Marlene Dietrich）所唱："想买幻想吗？/稍微用过的，二手的幻想？"我是个讽刺家，但我讽刺的是讽刺我的东西。我没有置身于商品化的潮流之外。我想表明我如何总是身处那些洪流中，成为潮流的受害者。我是那个潮流内部的口技之声。

对话5　与丹尼尔·本杰明[①]

DB[②]：能说说您的家庭教养以及您早年对诗歌的接触，过去和现在对您的创作有何影响吗？

毫无疑问，我的家庭教养是我的癖好、我无意识迷恋及着魔的东西的起因。我这辈子很多时候都住在上西区的同一个社区，因此我认为，来自这个地方的外观和声音、社会态度、社区固有的想象都非常重要，非常富含信息，但我不一定描写或经常谈论。我早年避免接触诗歌，但在某个年龄点，我确实受到诗歌热的感染，这就像病毒一样控制我，尽管有悖常识，我却不顾一切，无法摆脱。

我写诗也是因为我不能做任何别的事。上大学时，我师从斯坦利·卡维尔（Stanley Cavell）和罗杰斯·阿尔布莱顿（Rogers Albritton）研修哲学。我的本科论文《三个斯坦》（Three Steins）[③]，主要论述路德维希·维特根斯坦（Ludwig Wittgenstein）和格特鲁德·斯泰因。（斯坦中只有我是“斯蒂恩”）有时候，想起我现在所做之事与我早年在这篇论

---

① *Chicago Weekly*, February 18, 2010. 改写编辑自芝加哥的一次对话。

② 本篇对话中，“DB”是Daniel Benjamin（丹尼尔·本杰明）。

③ 后来以“三篇关于哲学和文学的创作”（Three Compositions on Philosophy and Literature, 1972）为题发表于http://jacket2.org/commentary/three-compositions-philosophy-and-literature-1972。

文里所做之事没多大不同时，我就感到害怕。不过，我很容易受惊。

当时，我写过一点点也许可以称为诗歌的东西，但那时的我只会说我对文字之类的东西感兴趣。那时我心目中的诗歌概念太狭隘。这些年来，我已经更多地介入这一文类的历史，我倾向于认为，诗歌在其最宽泛的意义上就是用词语（或近乎词语）打造的艺术。

DB：事实上我想问更多的关于维特根斯坦的问题，他在您早期的论文中频繁出现。不知您能否更多地谈谈他对您的影响。

在哈佛的时候，我在爱默生堂找到一个避难所，我无法忍受文学课，因为教授们不言而喻的幽闭恐惧症令人无法容忍，然而更糟的是，我那令人窒息的（或者看起来如此）预科学校，或预科学校里那些模仿他人的同学，对现当代艺术迅速而鄙夷的拒斥。记得有堂课讲塞利纳（Celine）的《催命》（*Mort à credit*），那么出奇的省略，那么反乌托邦的想象，那么滑稽的怪诞。我的同学——未来美国文化和工业的引领者，从未读过这样的作品，因为他们不喜欢。当时我太年轻，觉得他们的反应伤害了我。于是我找到了通往哲学的路。尽管我对哲学讨论的分析方面只是略感兴趣，却没有那种发自内心的反感，也许是因为与艺术相比，我没那么介意抽象的哲学争论。就这样我漂到了哲学领域。我喜欢古希腊哲学家，比如奥古斯汀、阿奎那、笛卡尔、斯宾诺莎、莱布尼兹、康德、卢梭、穆勒、马克思、叔本华、尼采等，尤其喜欢维特根斯坦。

维特根斯坦的语言转向令我着魔。他认为词语不只是以一对一的对应方式（如 slab 指石板，slop 指工作服）关联“事物”。当我们在对话中使用语言时，其结构为我们看事物的方式提供了一种句法或方言。语言像镜片、滤光片、地图或探针，我们通过它与世界交涉。语言从不隐退至只给我们留下这个世界，同样，我们感知这个世界时也总不可能没有语言的回音。

吸引众多诗人的正是哲学在诗歌方面的这一美学维度，不是通过维特根斯坦传递，就是通过约翰·杜威（John Dewey）、罗曼·雅各布森（Roman Jakobson）或乔治·拉科夫（George Lakoff）。维特根斯坦鼓励人们用直觉体会声音意义的重要性，认为隐喻并非一次性消费（我们不只是看，而是看作），指出句法是感知体系。因此，即使维特根斯坦是日常事务及准则的诗人，我认为他也为偏离常规的实践活动打下了基础，爱默生称之为“规避”，或者是赫拉克利特（Heraclitean）或阿尔弗莱德·雅里（Alfred Jarry）意义上的急转：也许代表一种生活方式的反常或奇怪的词语转向。

我也从维特根斯坦那里急转离开，走向更为社会历史化更属于意识形态的参照框架，也转向语言内在特质的视觉呈现，创建起供人反思的语言物体。我也对**兴趣**和哈贝马斯（Habermas）的《知识与人类旨趣》（*Knowledge and Human Interest*）中的旨趣之意更感兴趣，但我不像哈贝马斯，我相信你永远不能剥夺掉自己那些，比方说，**赋予你权力**的旨趣。无论我们做多少自我反省，我们仍然深陷于旨趣价值之内。但是，有可能部分意识到这些旨趣，并通过意识的矢量连续旋转。

DB：有了“语言转向”的观点，人们可能把语言诗和普通诗看成来自维特根斯坦的不同的两条道路。

一条在意料之中，一条是个意外，是私生子。我把语言转向与这些人关联：斯泰因、马拉美、乔伊斯、赫列勃尼科夫、维特根斯坦、卡夫卡、伍尔夫、贝克特和他们之前的布莱克、弗洛伊德、尼采、马克思、克尔恺郭尔、坡、狄金森，以及其他很多人。这些作家发明了方法，反思信仰如何被构建、语言文字如何在此过程中运作，以及什么是不同信仰（或世界观或想象）体系后的驱动因素。

尽管我对不平常语言很感兴趣，但维特根斯坦和 J. L. 奥斯丁（J. L. Austin）对平常语言的关注是根本。如果说人的眼睛是其心灵的窗户，那么人的平常语言就是其世界观的窗户。

我以看待诗歌的方式看待哲学，认为它本身不是寻求真理的活动，而像侦探小说一样是一个文类。寻求真理的活动就是其文类。

DB：您能更多地谈谈《语言诗》杂志的编辑以及语言诗的开始，还有这些如何关乎您一直在谈论的东西以及之前的先锋诗歌运动吗？

我一直在说“不存在语言诗”。它是披着典故外衣的怪物，纯属虚构。或者也许它是一片绿洲：你在沙漠中，**那边**似乎有一洼水。有点像从我们谈话所在地的摄政公园（Regents Park）的窗户看到的迷人但寒冷的密歇根湖，处在湖边不同位置的人们以不同的视角在看它，看到了他们想要的或不想要的东西，这就是他们的密歇根湖。可见湖是个复数（一个涉及那些认为它不是复数的人的复数）。或者套用我的一句老话：语言诗是个社会建构；一种行动，不是本质；是集体的合作的行动。

《语言诗》摒弃了现代主义先锋派的模式。它是相关诗歌、哲学、政治作品的拼接；我们试图探索一个趋势，而不是界定一套原则。我们试图串联起不同的团体、个人和组织，并以此宣传现代主义的或当代的，我们认为被低估，或实际上被污蔑的诗歌方法。我特别寻求那些形式上古怪，偏离了文学和语言常规的诗歌和诗学，这样的诗歌稀奇古怪而又极端，自身意识到其形式多么缺乏定性，多么虚幻和虚构。

我们在70年代所做的是特定于那个时候的可能之事，其基础是激进的现代主义和新批评诗歌，反映了当时的文化可能性。我们追随反战运动，从其时正兴起的充满异见的反文化中获取暗示。在“冷战”的新自由主义后历史、后意识形态的视角看来，我们坚持诗歌没有脱离意识形态……嗯，这惹恼了一些人。正因为我们拒绝当时普遍的诗歌教条，有人指责我们教条。

《语言诗》汇聚了一些示例作品集，一系列本身没有地位或恰当地位的活动。这里我想借用米歇尔·德·塞托的术语，说我们关乎**战术**而不是**战略**。[①] 塞托所说的战略指对某人来说有优势，有恰当空间的存在；而战术则指削弱控制权益的活动。我想说《语言诗》不只是战术性的，战术性诗学是所需，因此大家对战术如何运作从本质上进行了更多的反思。在此意义上，《语言诗》也许除了乔·希尔（Joe Hill）的“别悲伤，去组织”的原则，是没有根本原则的战术汇合。我认为，缺少根本原则，就是我开始回答你时所说的“虚幻”的意思；我认为这点对于这个杂志现在之所以能够引起共鸣很关键。通常，诗歌团体的形成都更多地与忠实于某个具体风格或某个特别的社会背景相关。“这并没有什么错!”森菲尔德（Seinfeld）会这么说。要么因为我对此不感兴趣，要么因为我在70年代中期的纽约过深地涉入我认为最有魅力的艺术、诗歌和表演亚文化，还因为没有发现我想与之联姻的任何风格，所以我们就虚构了一点东西！但是折中主义也不合我们的胃口。

《语言诗》是蒙太奇。我们所做的是通过并置组合，挑挑拣拣，为

---

① de Certeau，Michel. 1984. *The Practice of Everyday Life*. Trans by Steven F. Rendall. Berkeley：University of California Press.

诗歌的可能性打造一种可触知的扣人心弦的，甚至诱人的感觉。我们自始至终都公开承认自己是在拓展历史，边做边结交朋友边吸纳忠贞的志同道合者。

我知道这样的方法并不适合所有诗人，甚至不适合多数诗人，因为很多人会认为这么多的组织工作很让人分神。但对我来说，这让我度过余生，因为**组织**是一种诗歌实践。我认为诗歌尽管边缘化，却是我们文化里的基本活动。我把诗歌当成历史、认知、哲学和美学作品。因为我想，我努力把一些开始也许不太搭的东西放在一起，然后过不多久，也许它们会看起来几乎是天作之合。在我看来，组织也意味着在多种文化空间里绘制诗歌的地图，有些空间在意料之中，有些在意料之外，如互联网、大学、系列读物、视觉艺术、音乐、电影、小杂志、表演、出版物、广播。

一些诗人通过《语言诗》进行对话，讨论涉及语言转向，语言作为改变我们看世界方式的感知膜之重要性，诗歌中持续的形式创新的可能性以及这种创新的社会含义，声音与表达的关系，现成材料和创作模式的关系，局部和整体的关系，标准化和一致性的关系……

《语言诗》是融合性的。我们的对话融合为合金。还有个更关键的因素，也许是最为重要的一个：我们忠实于非解释性的散漫思维模式；忠实于非线性思维的新散文和形式。散文和诗学是诗歌作品至关重要的部分……

DB：您的作品在形式上很多样化，跨越诗歌、散文、剧本、网络海报。即使是在“诗歌”之内，您的作品形式也很不一样。不知您能否谈谈您是否有意识地做形式上的工作，通过形式来区分您的作品是否是个错误？

我所感兴趣的是作为探索可能性之媒介、抵制意义表达的诗歌，而不是作为我已经想好的信息的表达工具的诗歌。我的诗歌不表达我所知道的东西；它探索我如何知道，有哪些条件。20 世纪 70 年代许多关于诗歌的讨论中，引起轰动的方面往往围绕语言及描述的问题展开，这不足为奇。**诗**（poem）一词没有太多界定。过去当我认为很棒的诗人说“诗歌（poetry）干这”“诗歌干那”时，我常常感到非常恼火。记得我在给杰罗姆·麦克甘的一封信中写道：“我非常喜欢这篇文章，但我不明白你为何以这样的方式说起**诗歌**，难道不是**某些**诗歌或**这首具体的诗**吗?”后来我发现自己恰好做了我向麦克甘抱怨的事情，因为同样的理由麦克甘有时也这么做，这是愿望的表达。

对我来说，诗歌是一种诡辩和修辞，而不是真理和诚实。

我们的术语或分类不足以表达战后那些年里激增的矛盾方法。我想谈**色彩**或**格调**；谈讥讽、反讽、嘲笑、幽默间的差异；谈崎岖和光滑的表面；谈看待非韵律诗歌节奏的 13 种方法；谈形式及其变体间的差异。叙事诗、散文诗、抒情诗、史诗、个人诗、表演诗、长诗、短诗、省略诗、声音诗、视觉诗、认同诗、分离诗、投射诗、形式主义诗、客体派诗——正如“语言”或“概念”之类的词——都不能解释类目之内的疯狂分歧以及跨越类目的意想不到的相似。

即使是在我出其不意地消除差异时，我也依赖文类差异的认识，包括上述次文类的类别差异。这点对我汇编《天堂里所有的威士忌：诗选》一书至关重要。该书里的诗节可能是一首短诗，又可能是一首长序列诗的一部分；以书为组织原则，这些选自 30 年间的诗歌作品，都被赋予了新的用途，以融入这部新的序列作品中。对于所选诗歌，我想把不同甚至相反的形式拼接在一起，以便移动于迥异部分之间时创造出莫比乌斯带（Mobius strip）① 般的节奏。意义既存在于部分之间的空间，又存在于诗歌自身之内。每首诗都有自己的自治权，但是作为一个整体，该书更像包含很多零件的装置而不是集合。

DB：您新书的推广材料中有几行我觉得有意思。您被称为“骗子兼魔术师”。您的诗歌“提供等量的美学快感、狂欢和哲学反思”。您如何看待自己被当成讽刺作家？

我的作品有许多喜剧元素。在某种意义上，我认为诗歌在追求表现和象征上是喜剧性的，即使不是可笑的矫情，也是渴求得体而产生的悲情。但是我抗拒**讽刺**和**反讽**这样的术语，虽然我的有些诗看起来肯定属于其一，也许两者都是。可以这样说，我的书和表演从来都不**完全**是反讽也不**主要**是讽刺，我作品的其他方面不断削弱其中的讽刺和反讽。我认为讽刺和反讽不像产生距离感的手法，倒像发自肺腑的情感：事物的意思并不总是表面上看起来的意思，也不是相反的意思。我的作品渗透着戏谑的讽刺。“我的幽默太黑，你看不见。”②

选集中的《谢谢你说谢谢你》（Thank You for Saying Thank You）以及［出自《抨击难诗》（*Attack of the Difficult Poems*）］《放弃主张堂》（Recantorium）都一并被当成讽刺诗。但是赋予这些作品尖锐性、使我感到不适而非眩晕的是它们玩弄（若非屈服于）傲慢或诈术的方式。

---

① 莫比乌斯带，因 A. F. 莫比乌斯（August Ferdinand Mobius）发现而得名，是一种单侧、不可定向的曲面。常被认为是无穷大符号“∞”的创意来源，因为如果某个人站在一个巨大的莫比乌斯带的表面上，沿着他能看到的“路”一直走下去，他就永远不会停下来。

② Berntein, Charles. 2008. The Lenny Paschen Show. In *Blind Witness: Three American Operas*. Queens, NY: Factory School.

对诗人来说，诱人的是公开表明为写难诗而自豪，或想象我们的文类没有人缘类似于政治或经济上的逆境。《放弃主张堂》先兜售后攻击其讽刺的诈术，《谢谢你说谢谢你》则讽刺诗歌应该可以理解这一观念。在《谢谢你说谢谢你》一诗中，不可能把显性内容当真，因为文本表面上非常容易理解的风格显然是在削弱诗歌表达的内容。同时，诗歌**确实在**发表一个相对直接的看法。但那首诗直接的看法（抵触显性内容）却不是我的目的。这并非因为我接受某些摒弃诗之晦涩的肤浅做法。对任何类别的诗人，甚至对没有类别的诗人，晦涩是不可避免的问题，因为诗歌作为一个文类本身就是晦涩的。天啊，即使是试图尽可能地对读者友好的诗歌也不能克服**它是诗歌**这一问题。无论是说“噢不，这首诗歌真的易懂，给它点时间而已”，还是宣称诗歌不可理解，诗人都有既定的特权。这个问题不可能轻易消失，这和任何特定的诗人无关，诗歌是边缘化的社会活动，写诗歌的概念对多数人来说本身都是模糊的，令人困惑。“那是什么，我有点喜欢那个，你以那个为生吗？你有可能**发表**那样的作品吗？”于是又回到了这里：作为一种社会形式，诗歌有荒唐而可怜的一面。

骗子和诡辩家是近亲。

《谢谢你说谢谢你》和《放弃主张堂》是我称为反单身汉机器（anti-bachelor machines）的例子。[①] 从第一首诗《避难所》开始，反单身汉机器就是《天堂里所有的威士忌》的一个母题。《避难所》选自1975年，思考了自我封闭、自我消除、自我分裂的系统中的语言。我们所用的词语，以及为我们而用的词语，能够把我们与外部世界相连，

---

① 其他反单身汉机器的例子包括 *The Nude Formalism*，Emotions of Normal People（*The Sophist*），War Stories（*Girly Man*）。《诗歌的黑音》里《荒诞探寻的想象》（The Pataquerical Imagination）一文对反单身汉机器有更完整的记述。

或者把我们抛在半空中漂浮着，可以征募我们成为日常生活的参与者，或者使我们成为（甚至自己）日常生活的窥淫癖者。我竭力去碰撞甚或扰乱我们全活在其中的隐喻或思想结构，尤其包括我自己拥有的（那些拥有我的）；我努力显明这些有违常规的想象，使之触手可及。

我在讽刺什么呢？《谢谢你说谢谢你》和《放弃主张堂》都可说成是讽刺性的；讽刺是它们的主题。但是两者都没有一个“恰当的”取代明显畸形的规则的观点。两者都用弯曲、古怪、不稳定的他者化代替畸形的规则。我想说它们都讥讽讽刺作品，但这也不对，因为二者都既沉溺于讥讽，又沉溺于讽刺作品。尽管两首诗都有对诈术的认识，但又都承认深陷其中，与其合谋。两首诗都极具表演性和挑衅性：它们打算**做**某事，但不做有意义之事。

诗歌——你瞧，这就是那个过度抽象的用法！——嗯，我的诗歌，让我在一个不直接涉及结果或方案的空间，通过冲突和兴奋去思考；我可以停留在矛盾和无能的状态中。诗歌的决策在非诗歌领域（例如，国家的领域）不一定是最好的决策，这是常理。但是诗歌让我们能够想象替代的甚至反事实或不可能的结果。因为诗歌在象征的空间展开，所以有可能停留在其中或周围，但不一定要以外在于诗歌的可接受的方式调和混乱的态度。诗歌（以及其他富有想象力的写作和艺术）能够在没有出路的情形下正视黑暗——创伤、暴力、仇恨、自私和落魄。诗歌是，或可以成为，规避道德决断的思考和反思空间。

DB：您一直是“官方诗歌文化”的批评者。官方诗歌文化由什么构成？您认为它近年来有重大变化吗？

官方诗歌文化是一个成功的动态过程，所以它靠变化而生存，就像吸血鬼靠新鲜血液而生存一样。2010 年的官方诗歌文化已经适应了它在 25 年或更多年以前拒绝接受的很多东西。归根到底，它本质上是折中的，混合了好、坏和丑。

DB：官方诗歌文化的变化可以通过意识形态分析来解读吗？我的意思是，我们可以简单地通过追溯经济和政治情况的变迁来追溯官方诗歌文化的变化吗？

可以，又不可以。我这代人一直在赶着一个大的文化变迁浪潮，在所有层面上，诗歌都追踪、反映、助长、阻碍那些变迁。从人口统计学的角度来看，你那代人和我这代人在性别、种族、性取向，以及与之相关的婚姻问题上，都与我父母那代人有不同的偏见或臆想。同时，又有个这样的问题：资本主义仍然起作用吗？资本主义不完全依赖那些文化要素，并不意味着变化没有最大价值。事实上，变化极有价值。此外，我们总是把偏见从一个群体转移到另一个群体，比如那时是赤色分子，现在是恐怖分子，我们不接受我们引起的恐怖主义或有增无减的阶层不公。官方诗歌文化的问题在于系统地回避了判断标准，压制了正在创建的等级制度之基础的文化和政治利益。换言之，就是幻想诗歌不是一片由对抗和论争诗学构成的领域，因此要压制那种争斗。

每个美学判断都必须包含和排除作品，基于可以探究的，也许从未得到完全阐述的标准。诗学和文学史（至少是我想看到的那种）的任务，不是给赢者加冕，而是探索品味的历史以及不同品味间的冲突。官方诗歌文化的特点不是其对诗人的选择，而是对其判断所倚仗的意识形态标准的压制。其教条是：它无教条，那些质疑这个无教条之教条的人很教条。官方诗歌文化扮演比赛的裁判角色，这样的比赛只认可那些遵守其规则的选手，尽管正在进行的比赛不止一场，也尽管每场比赛都有多套规则。

同时，诗歌中某些30年前被禁的风格现在已成为创意写作坊的素材，尽管联合写作项目（the Associated Writing Programs）比以往任何时候都更加克制，部分是由于它把非历史的人文主义和反智主义看作增加它在大学里的足迹，并由此增强其经济基础的方式。听起来好像联合写作项目打算把想象从MLA那拯救出来一样（如果那样，愿上帝保佑想象）。

官方诗歌文化继续一茶匙一茶匙地小量吸纳我想要的那种诗歌。每当这时，我都很高兴，只想要更大量更即刻的：大汤匙的，桶装的。入侵主流时我不退缩，我寻求这样的入侵。因为我认为诗歌很重要，也认为诗歌在“更大的”文化中得到认可很重要。

我的批评是制度性的。诗歌打上了强烈的美学和思想冲突的烙印。这点是需要承认的。官方诗歌文化通常试图用忠实信徒的痛苦去中和这种冲突。

我怀有布莱克式的幻象，它直接回击官方诗歌文化中受拘束的诗歌想象。虽然诗歌可能边缘化，但在当代文化中它是令人难以捉摸的历史、认知、哲学、美学干预。很多诗歌都不想干预，有时候有很好的理由，例如回避这种宏大。但是对于幻象型诗歌，你需要组合不同的作品和世界观，同时创建一片美学行动的融合性领域。

DB：许多有趣的先锋诗歌群体好像都在巩固电子诗歌中心，比如“宾大之声”（PennSound）、诗学清单（Poetics List）、书套（Jacket）等群体都在集中化。您早期的一篇散文批评了“分组”。不知您是否担心诗歌学术界出现一种新型的分组，作为有待打破的模式，这样的分组具有特定的权力和力量。

我担心大型群体手中“智性内容”的巩固。通过“宾大之声”，我们已经让人们能参加诗歌朗诵会，而比这个更为重要的也许是，我们把这个巨大的诗歌档案馆放到了公众领域（用作非商业用途），也就是说，防止它被私有化。“宾大之声”和电子诗歌中心的所有东西都是免费的，都可下载，并且没有任何广告。我有幸和阿尔·菲尔利斯（Al Filreis）合作“宾大之声”。他对创建和维护另类诗歌空间的投入非常人所能企及。我要做的头等大事是最大限度地利用我能得到的机构资源。我的问题不是做得太多，而是做得不够。我希望并确信我们创建的模式将鼓励其他人回应我们做过的事，尤其是回应我们未能做成的事——由此而创建他们自己的类似网站。

对话6　与阿兰·吉尔伯特[①]

AG[②]：您创作过十几部风格各异的诗歌集，从严格的先锋技巧，到断裂的抒情，再到押韵的打油诗。《天堂里所有的威士忌》以1975年的一首诗开始，时间跨越30多年，您是如何挑选这些诗的？

杰克逊·迈克·洛把他1986年在Roof Books出版社出版的诗歌选集称作“代表作：1938—1985”。他的想法是每一首入选的诗都代表他使用过的一种具体结构或形式。我把《天堂里所有的威士忌》当作样板或陈列。这是诗歌方法的集合。除了“诗歌自身”的经验，我希望该书让人想到**诗歌的可能性**。我只做过另外一本以别的方式出版的诗集——2000年Sun & Moon出版社出版的《现实共和国：1975—1995》（*Republics of Reality*：1975－1995）。这本书收录一些不再发行的诗集和小册子的作品，外加一首新序列诗《残余窥探》（Residual Rubbernecking）。窥探指的是放慢车速窥看车祸；残余窥探就是你停下车来盯着已经清理干净的事故现场。因此我想你可以说《天堂里所有的威士忌》是我残余窥探的产品。

---

① *The Best Words in Their Best Order*，FSG Poetry，April，27，2010. 本对话原题为“所有闪光的并不都是服饰珠宝”（All That Glitters Is Not Costume Jewelry）。

② 本篇对话中，“AG”是Alan Gilbert（阿兰·吉尔伯特）。

AG：在2001年的《假设》一诗中，您写道："假设真理在我们之间的某处。"忽视一下"假设"一词的修辞歧义，不知您能否就您自己的以及更宽泛意义上的诗歌，详细阐述"真理在我们之间的某处"的观点？

有些人说诗歌关乎真理，而我说你可以把读者带到水边，但你不能使他们喝水。我还可能说过真理既不在这也不在那，但我更愿意用那句话来表达我的喜爱。我想说**我不太了解真理但我知道我喜欢什么**，不过我很厌烦做个自作聪明者。所以我猜我只会说**这是一种说话的方式**。诗歌既非真理也非谬误，但可以反思真理和诚实、言说和意义、听和听见之间的差异。我的诗歌既不是独白也不是自言自语，但它们开启对话。你不是从其中提取意义而是发现意义，不是去（猜谜语式的）找答案而是去回应说过的话。一切就在你耳边。

AG：您将1987年出版的一本书命名为"诡辩家"，并在访谈和对话中都自豪地宣称自己是个"诡辩家"。鉴于该词常常有点负面的含义，能解释一下您为何喜欢该词吗？

我不是自豪，阿兰，只是实事求是。但我不再为我自己和我们感到惋惜。我费了点时间才意识到**所有闪光的并不都是服饰珠宝**。然而，我喜欢过的唯一一种金子是愚人金（买主懊悔）。这又是说谎者悖论（诗人是说谎者，我是诗人……）。"谨防卖鱼的诚实人。"我的鱼是新鲜的，但不要相信我的话，你应该自己尝一尝。它们反正不是我的（谨防出卖人的诚实鱼）。真理不是唯一的，但这不意味着没有真理，而且真理被那些以真理之名为自己做英勇徽章的人所践踏。我喜欢将道德与伦理对照。道德告诉你想什么，想什么是正确的；伦理质问是什么让我们觉得那是对的，对谁来说是对的，在何种意义上是对的。**我不是在告诉你，你不能做什么而是你能做什么。**我的诗歌出卖了你，因为它们没有在任何方面欺骗你。我常常争辩（直到有点精疲力竭）说诗歌是修辞性的，这就是诗歌之乐所在。诗歌俄耳普斯式的（Orphic）神秘力量可能是修辞性的吗？都是通过欺骗手段使你相信吗？我们能说话吗？再喝一杯如何？天堂里所有的威士忌都不够。

AG：T. S. 艾略特的《荒原》最初的暂定标题是“他用不同的声音做警察”。我读您的诗，尤其是听您表演您的诗时，艾略特弃用的标题偶尔会突然闪现在我脑海里。可以谈谈您诗歌中不同声音的使用吗？有时候您对这些声音的使用接近口技。我注意到艾略特的暂定标题提到“警察”。口技与权威抗争之间——不管是自己的还是别的版本的权威——有关联吗？

我常常想起艾略特伟大的用多种声音“做警察”的技巧。《控制权益》（*Controlling Interests*）——我于 1980 出版的一本书，在书名中把玩了这一想法：包围我们的语言（此刻我想到克里利的“包围我们的黑暗”）如何提供信息并控制我们。我认为诗歌也许把“隐藏的说客编织在一起”[文斯·帕卡德（Vance Parkard）在“冷战”的高峰期曾如此表述]，让“控制权益”相互碰撞，从而产生思想展示中的噪音和扭曲。你说得很对，这些控制声音不公正，甚至主要不从外部听到；让我着迷的一点是，内外之别颠三倒四。我作品中的多声音结构是贯穿《天堂里所有的威士忌》的主线之一。我在创作《控制权益》时，去看过很多威尔第（Verdi）和真实主义歌剧，听了咏叹调（这为我早期的诗歌表演提供了范例），也听了有多个重叠声音的弦乐。当然，我诗歌中的多个声音是序列的，而非对位的；诗歌中有声音的再现，不过更多的是（通过扭曲和延伸）再现的回音，还有非对称的声音排列，声音的碎片化，八种跨行，“破损的”引文。在此意义上，巴赫金（Bakhtin）的诗歌是单声部、小说是对话性的说法是不对的；多逻辑且自相矛盾是我想要的诗歌（的一种）。

因此，几年以后有机会写剧本时，我就有了充分的准备。首先为本·亚尔莫林斯基（Ben Yarmolinsky）写，该剧本现在收集在《盲证人：三部美国歌剧》（*Blind Witness: Three American Operas*），然后为迪安·德拉蒙德的《自助咖啡馆》（*Café Buffé*）写，为布莱恩·费尼霍的《阴影时光》写，以及为安妮·勒巴伦（Anne LeBaron）的《呼吸故事》（*Breathtales*）写。

这又让我回到旧的，有时受到不公正批判的，找到你自己的声音的工作坊准则上：不公平是因为声音从来都不是问题，问题在于一言堂地坚持声音的某个具体的修辞或文类建构的真实自然性。诗人的任务（找到自己的多个声音?）也存在同样的问题。其中许多声音既不是你的也不是我的，而是来自我们之间的某处。

对话 7　与曼努埃尔·布里托[①]

MB[②]：很高兴通过和 Zasterle 出版社出版《小飞机里缺席的父亲》(*The Absent Father in Dumbo*) 参与到您的部分工作中。由此我明白了您的诗歌是美国先锋派写作的一股文化力量。您的编辑经验不限于出版作品——《语言诗》，2010 年《边界 2》推出的《1975 年后的美国诗歌》(American Poetry After 1975)；《细听：诗歌与表演的话语》(*Close Listening*: *Poetry and the Performed Word*)（牛津大学出版社，1998）；《诗歌形式政治：诗歌与公共政策》(*The Politics of Poetic Form*: *Poetry and Public Policy*)（Roof Books 出版社，1990）；或《巴黎评论》(*Paris Review*)（1982）第 86 卷的《语言采样器》(Language Sampler)，以及《边界 2》1985 年秋至 1986 年冬的《43 位诗人（1984）》(43 Poets)；您还和阿尔·菲尔利斯共同创办并编辑"宾大之声"，和罗斯·佩克诺·格雷吉尔共同创办电子诗歌中心；您是《分行》(*LINEbreak*) 和

---

① Brito, Manual, ed. 2011. Small Press Publishing: Absorbing New Forms, Circulating New Ideas. In Revista Canaria de Estudios Ingleses, No. 62. 本对话通过电子邮件完成，原题为"Editing as Com (op) posing"。

② 本篇对话中，"MB"是 Manuel Brito（曼努埃尔·布里托）。

《细听》(*Close Listening*) 两个诗歌广播系列的主持人和联合制作人。[①] 请您解释一下，如果有任何目的的话，您的编辑工作有何明确目的，这对一些阅读体验行为、讨论等有何影响。

我不知道编辑在哪终止诗歌从哪开始，教学何时结束散文何时开头；也不知道何时把组织工作放到一边，苦思冥想何时登上前台。它们之间的关系很有节奏：摇摆的节奏。这也许是个性的错乱，是我不能划清界限或恰当地筑起堤岸，以抵制我感觉深陷其中的诗能浪潮。该浪潮通过一种风能给我所做的一切提供能源。也许这是一种文本的交织，经线和纬线交错，火花和波峰并存，诡诈而难解。在任何给定的日子（以及不是给定的而是赢来的珍稀日子），这一切都和谐一致。我很早就开始做编辑。高中时我是校报（《科学概览》）的编辑，大学时我是两个文学杂志的编辑（官方的新生文学杂志《哈佛广场期刊》，以及大四时所做的昙花一现的《写作》）。我做过小出版社的编辑，开始是在20世纪70年代，我和苏珊·碧（Susan Bee），以及彼得·锡顿（Peter Seaton）、雷·迪帕尔玛（Ray DiPalma）和泰德·格林沃尔德（Ted Greenwald）在Asylum's出版社出版自己的作品；然后70年代晚期和布鲁斯·安德鲁斯合作《语言诗》，同时提供复印绝版书服务，后来又转变为赛格威分发服务社（Segue Distributing）（和詹姆斯·谢里合作），我们在那做过十多个相关的小出版社和杂志的目录。[②] 这些都是紧锣密

---

① 《语言采样器》和《43位诗人（1984）》可在电子诗歌中心的数字图书馆里查阅：http：//eclipsearchive.org/projects/SAMPLER 和 http：//writing.upenn.edu/library/Bernstein－Charles_43－poets－1984_boundary－2_1986.html。《分行》和《细听》都归档在“宾大之声”（http：//writing.upenn.edu/pennsound）。

② 这些目录可在以下网址获取：http：//jacket2.org/commentary/segue-distributing-catalogs-1980－1993 和 http：//jacket2.org/commentary/language-distributing-service-catalog-c-1978。

鼓的工作，制作和邮寄耗费了大量时间。再跳到现在，我和爱德华多·埃斯皮纳（Eduardo Espina）合作编辑一个纸质杂志《南/北：新世界诗学》（*S/N*：*New World Poetics*）；和瑞吉·邦文奇诺（Régis Bonvincino）编辑圣保罗的一个网络杂志《西比拉》（*Sibila*）（纸质形式）；和阿尔·菲尔利斯及迈克尔·赫尼希（Michael Hennessey）合作电子声音档案馆——"宾大之声"；和罗斯·佩克诺·格雷吉尔合作办网站——电子诗歌中心；以及我自己的网络日志。[1] 这还不包括见缝插针做的许多事情。似乎我的一天都花在这些事情上：聚合不同的立场，或更恰当地说，为那些我热衷的作品打造一片想象的空间。做编辑最关键的是，愿意把不能以别的方式聚合的事物汇合到同一个地方；建立群组；建档、收集、展示、鸣谢、欣赏。用一句话来混合所有这些比喻就是：一种编织环境使之成形的方式。也许那个环境本来存在，只需识别——这也许是最好的表达方式——但给人的感觉可能是，你在通过编辑活动本身的力量创造环境，这就是为何编辑也是一种诗学的原因：有点像通过群组创作诗歌。对我来说，编辑一直有根本的美学维度：不是做某件指定的事，而是促使事情——嗯，不一定是"新的"事情，**促使它发生，**使之诞生。

MB：我的第一印象是，作为编辑，您绘制了一个把诗人定位在《语言诗》及其周围的场景，如您所说，该杂志社也提供绝版书复印服务。诗人提出对文本和社会议题的看法，有时甚至在您的书被讨论之前。过去的40年间，相比其他任何当代美国诗人，语言派诗人更需要

① S/N 网址：http：//epc. buffalo. edu/presses/SN。《西比拉》是网络出版物，我编辑其中的英语门户《西比尔》（*Sybil*），网址：http：//sibila. com. br/category/English。我的网络日志2011年从电子诗歌中心搬到了 http：//jacket2. org/commentary/Charles－bernstein。

您持续努力去思考您做过什么、为何而做。虽然该团体名称尚有争议，但几乎大家都认同这些诗人共有许多概念和形式元素。您曾如何让更多的人信服和接受语言诗？

《语言诗》是一个编辑项目：我们希望创建事物，而不是描绘已有的存在。确实有点像幻想。或者用哈基姆·贝伊（Hakim Bey）的乌托邦术语来说，就是一个临时的自治区。这事很有趣。回想起来，它似乎更恒定，更属于一个派别或圈子，很难从那里面找到一条优雅的路出来，就像取代黎明潮湿空气的雕像。防止形成派别和圈子（精心安排的先锋诗人秀）当时很鼓舞人心，但从纽约的一个诗友最近写的回忆录中，我看到有一种特权男孩俱乐部的愚昧意识一直像病毒一样存在于我们中间，这让我回到我帮助形成的不那么理想的现实。不过这是我后来的编辑项目既是急转也是延续的原因。难就难在回应现状。随着年龄的增长，我发现自己停留在青年时期的激情里。这对我部分有益，尤其是“冷战”中多疑妄想的立场以及对官方诗歌文化的抵制上，很久以来我在这方面都是一块招牌（但不是头牌！）；但这也让我很难看到新兴的事物，所以最好让潮流带路，跟随当下的直觉而不是来自过去的公认思想——哪怕是我自己的！当老师的好处是我能和比我年轻的人在一起。我曾长期以为我在为这些年轻人付出，其实不是付出。不过我确实认为，如果能在博卡的海滩看着侍者来来去去，一边享受我的早鸟特价餐，一边谈论巴塞尔艺术展，也许我会过得更好。

MB：编辑和出版商都不堪当今经济危机中日益加深的压力。有声望的小出版商都已销声匿迹或被更大的公司接管。现在是宣传新产品、新出版精神的时候吗？您如何看待印刷文化与电子文化这一有争议的问题？

战后那些年的北美诗歌一直极其流动、开拓和新颖。对于小出版社诗人的社交网络和出版方法，撇开其诗歌的美学成就不说，从结构上来说，是值得借鉴的模式。激进的小出版社诗歌在维持小型、人气不高、不盈利的文化产品方面一直都很灵活。实际上，面临人气不高、不盈利的境况，小出版社诗歌却风生水起。谈到打击布尔乔亚（epaté la bourgeosie），从油印到复印到台式电脑再到网络，各种可用的出版技术都引起了剧烈反应。不幸的是，由于西班牙的法西斯独裁，人们不能完全参与其中，这引起了严重的不良后果，因为不容易弥补这段缺失的历史。过去的15年间，标新立异的小出版社诗歌一直在向网络搬迁，势不可挡。和印刷费及邮费相比，网络版诗歌的生产和分发费用微乎其微。许多网络空间都心怀民主前景，提倡不遴选作品：每个人都可在无限的评论空间发表自己的看法。但是，就一套既定的议题每个人都发表看法，也许能有效阻止反对这些“议题”的遣词造句的异议。当然“每个人”都在官方内容下的评论框里。苹果平板电脑和智能手机使计算机革命转向消费而非生产。然而诗歌仍然是网络上一片不同寻常的独立的非商业生产领域。读者、听者的人数也许比我们以往任何时候在小出版社拥有的都多。“宾大之声”每年都有无数的MP3下载。

MB：在《临时机构：另类的出版社和诗歌革新》一文中，您指出有些困难来自管理层，针对大量购买的公众的文学标准化尤为危险。

这是作品的同质化！不循规蹈矩的形式也变得循规蹈矩。我不是说别人，我指的主要是我们自己，我自己。有时候，非常俗套的作品动人又诱人，而那些非俗套非标准的作品看起来也许凌乱无序、自我放纵、令人不安。总有风险，捉襟见肘的窘境一点也不好。但如同那人（耶稣——译者按）所说，“骆驼穿过针眼比财主进入神的国度更容易”。

MB：在这样的形势下，诗人有必要明白创作不赚钱吗？

绝对必要。我总是说不要去想你会赚多少，只要想**不要损失太多**。要止损，这很关键。但是也存在文化资本，非常真实的资本。你创作的作品，即使在资本经济之外，也是符号经济的一部分。符号经济更实在、更持久，这点外人认识不够——在某些意义上就像灰色经济。今天是三角内衣厂火灾100周年纪念日。许多年轻女性死于这场火灾，因为这家血汗工厂的老板用铁链锁住了出口。我想起詹姆斯·奥本海姆（James Oppenheim）1912年的那首诗：

当我们在游行，游行时，无数的已故妇女，
在哭泣，她们要面包的哭声穿过我们的歌声；
她们操劳的鬼魂对艺术、爱和美知之甚少——
是啊，我们是为面包而战——但我们也为玫瑰而战！①

MB：您如何理解专注于在创新上具有竞争力的孤独的编辑工作？我只能说，一般来讲，我对您的编辑角色的看法是创造社区——我是不是大错特错了？

社区是个烦人的术语：你不能忍受它又不能没有它。文学社区顶多

① Sinclair, Upton, ed. 1915. *The Cry for Justice: An Anthology of the Literature of Social Protest*. Philadelphia: John C. Winston, pp. 247 – 248.

是让－吕克·南希（Jean-Luc Nancy）所说的“非社团”：它们是可选择的亲近关系。在你的居民区或学校或辖区或政治联盟里，社区是既定的，其存在方式也许潜藏在文学社区的概念之下，但它们之间有根本的区别。你无法选择你的邻居，但文学社区，至少是有美学信念而非区域或地方信念的文学社区，却完全与选择相关。在政治联盟里，你可与志趣相投的人走到一起，然而，至少在追求进步的背景下，该社区的标准会指向集体行动或政策目标。诗歌社区之美（如果我在此可以用该词的话），在于它可以是无相同志趣的个人的汇聚，其目标是无定形的美学领域。诗歌社区的基础是品味、偏好，而不是清楚的目标或共同的地理/公民空间。但我赞同你的看法：这些临时性的诗歌群体确实是人为创造的、融合性的。诗歌社区关乎思辨与想象；它们形成一种反现实，与构成我们日常生活的实际社区、家庭和联盟相对立。

MB：电子诗歌中心成立于1995年，作为编辑，您在那可以看到参与者们在跨国家跨文化的环境里怎样分享创意。该中心既是网络化创新又是研究论坛的典范吗？我之所以提到跨国家这个术语是因为您在编辑一个纸质杂志《南/北：新世界诗学》，其意图是开启南方与北方之间的对话。您又一次在关注互动的社区……

是的，我想补充文档空间。许多网络都把自己想象成交易空间；我们在电子诗歌中心的首要关注是文档，就像“宾大之声”一样。你提到的跨国家方面很有道理，不过我更喜欢把它看成无国家的而不是跨国家的。我和巴西的瑞吉·邦文奇诺在《西比拉》的合作，和乌拉圭的爱德华多·埃斯皮纳在《南/北：新世界诗学》的合作（美洲：所有东西都译成或译自西班牙语、英语，或者小部分译成或译自葡萄牙语），或和芬兰的莱维·莱赫托（Leevi Lehto）的合作，像我在纽约和费城的合作一样，都属于我的诗学“社区”。

MB：我还想说电子诗歌中心在美国、澳大利亚、新西兰和法国长达20多年的存在给《语言诗》提供了寓言的维度，也就是说，它成为阐释界眼中纳入了您的诗歌、助长您团队的批评态势的国际机构。您对此有何看法？

你想到《语言诗》的延展是对的，但是该项目早期既被别人吸纳又吸纳别人。我主要的合作还包括瑞典的OEI团队以及和加拿大、英国、俄罗斯和葡萄牙［通过我在科因布拉的联系人格拉萨·卡皮尼亚（Graca Capinha）］诗人的长期联系。有个问题是，我自己只会一种语言，这简直糟糕透顶，很专横：我做的很多事都得用英语进行，因此我的对话伙伴都会双语而我不会。我知道这在多大程度上限制了我的行动。不过英语在欧洲诗人中已经非常普及。然而，如果阿尔卡迪·德拉戈莫申科（Arkadii Dragomoshchenko）不会说英语的话，我就不可能和他有亲密的关系。（当我向玛乔瑞·帕洛夫说起类似的话时，她说：“那你为何不学俄语？”真相也许很简单，很站不住脚，就如“因为我觉得没必要，其他事情优先”）我还应该提提过去十年间和中国的密切联系，我和玛乔瑞、聂珍钊、罗良功建立了一个协会，供中美诗学和学者交流，涉及会议、翻译，以及接二连三来宾大的访问学者。[1] 今年秋天我出乎意料地收到了我的一本译成了缅甸语的散文，这纯属意外。但当我通过电子邮件联系泽亚·林时，他的回复和这里的诗歌进展完全同

① http：//writing. upenn. edu/news/CAAP. html.

步，嗯，就像我一直在给你或洛杉矶的一个朋友写信一样。[①] 因此这里有种反常的空间，诗歌方面的联系把我们汇聚在这个空间里，这在过去可能会很难。这些都不完全是网络或社区，而是虚拟的星群。我们把命运交给星星，就好像我们既探索宇宙又追求相互交流，既瞄准融合一切的国际都市又瞄准独具特色的个性小城。

让我们称之为宇宙起源新发明吧！

① Lynn, Zeyer, trans. 2009. *Charles Bernstein: Interviews and Writings*. Rangoon/Yangon, Burna/Myanmar: Eras' Publishing House; Zeyer Lynn, Language-Oriented Poetry in Myanmar, http://jacket2.org/commentary/language-oriented-poetry-myanmar.

对话8　与珀涅罗珀·伽雷-萨克斯[①]

PG[②]：我想谈谈您在《扩大的语言诗领域》的开篇关于《语言诗》的编辑项目的解释，看看您做了什么。我重点关注的是您过去的兴趣和现在所做的事情的关系。因此我的第一个问题关乎过程。在《语言诗》一书的引言中，您和布鲁斯·安德鲁斯说，你们不把词汇、语法、过程、形状、句法、安排和主题当成理所当然的事。而我认为过程涵盖了所有这一切。

确实如此。在这一系列术语里，过程是包括概念和方法的涵盖性术语。

PG：那么您认为过程在何种程度上是一个涵盖性术语？这是我的第一个问题。请从创作和批评两个角度谈谈您的看法。

我最初在《内容之梦：1975—1984散文集》中的《写作和方法》一文中探讨了“过程”这一术语。哲学概念上的**过程**和**方法**有紧密的

---

① Études anglaise 65，No. 2（2012）. 本对话原题为“诗歌的跛脚——过程，呈现，强化”（Poetry's Clubfoot-Process，Faktura，Intensification）。由2012年3月4日巴黎咖啡馆的对话整理编辑而成。

② 本篇对话中，“PG”是Penelope Galey-Sacks（珀涅罗珀·伽雷-萨克斯）。

联系。整个美国新诗学都关注过程，尤其是约翰·杜威在《艺术即经验》中关于过程的思考。对查尔斯·奥尔森（Charles Olson）和罗宾·布雷泽而言，则是阿尔弗莱德·诺斯·怀特海的《过程与实在》（*Process and Reality*）。我的写作来自这一诗学，我之前的那一代诗人，包括罗伯特·克里利、约翰·阿什贝利、大卫·安廷，也都践行该诗学。

美国新诗学深深植根于**做**（过程意义上的），不以目标或目的为导向，也不以技艺为导向。诗歌是写作当下自己生成的事实，不从先前的或公认的形式中推导出来，也不从创作之前的思想或奇想中构想出来。因而也就有了诗歌是**过程**而非**产品**这一著名的论断。在战争刚刚过去的年代，这个二元对立有时候被表述为**生**与**熟**。照此方法，很容易就能将美国新诗人和伊丽莎白·毕晓普、罗伯特·洛维尔区分开来。不过，较早一代诗人在具体诗歌中所践行的过程，似乎排除了我们有些人在20世纪70年代所感兴趣的程序和词汇选择。因此，虽然你可以说我们也是在进行过程写作，但是该术语过于模糊，或者也许和我们前辈的具体风格关联过紧。此外，诗歌之中所做的更激进的程序、人为或结构的干预，似乎与即兴、直觉创作方法所指的“过程”相违背。使用既存的外部文本、未经处理的素材、挪用、抑制、技巧、随意的语气转化、汇合的句法、表述的混乱等，看上去都和美国新诗歌所实操的引人瞩目的过程写作迥异。

但实际上我们所做的，我们对方法的强调，都没有背弃过程，而是打开了一片扩大了的过程领域。我们的作品仍然是过程，不是成品。在写作结束之前，你仍然不能确切知道你会从哪里出来。用琳·何吉尼安的标志性语言来说就是，我们背离了预设的开头、中间和结尾，背离了封闭。当我进行过程写作时，过程与诗歌（poesis）、呈现完整地结合起来。我对创造之功用的兴趣就像我对做任何事的兴趣，所以我对诗歌的手段就有了更多的自我反思。过程意识到了自身存在的时候也就成了方法。

PG：是的，就像庞德和艾略特那样，创造和做的功用是压倒一切的考量。您认为作为一个概念，过程既包容又开放吗？

绝对是。爱默生所指的“更完美”的包容不是朝向一个终极的囊括一切的目标，而是一个一个地汇聚和抛弃具体事物，时时在改变[①]。如果是精心打造的诗歌，你从预先想好的主题、预定的形式和措辞出发，然后用这些去创造诗歌，不断改写，直至它成为你能创造的最完美的物品。我所谈论的诗歌，不是**最**完美的，而是**更**完美的，必须有新的阅读方式。你可以说写诗歌的功用不是去创造一个完美的物品（虽然它也许是一件很美的物品），而是去激发新的阅读形式。在此意义上，你可以把从斯泰因、威廉斯开始直到现在的激进现代主义看成与创作完整、讲究技艺的产品相反的，涉及概念、过程和诗意的创作。必然的是，你确实有一首完成的诗，就像斯泰因所说的“一幅完成的画像”（毕加索的），但不是一幅完整的画像。诗歌不是目的，而是跳板，一个强化读者想象、反思、外向投射和内向投射的能量场。

PG：因此对您来说，语言在概念上的彻底革新之处是，通过指出诗歌也许有开头，也许有中间，但肯定没有结尾，挑战亚里士多德的基

① Worlds/hourly changing/sparring with cause to an/unknowable end – in Sunsickness in *Dark City*. Los Angeles：Sun & Moon，1994.

本诗歌原则，即诗歌有开头、中间和结尾。

对，但是你停止，然后又重新开始。嗯，始作俑者又是斯泰因。在斯泰因之后一百年，我们仍然在发掘不同于亚里士多德的另外选择。这是肯定的，同时也是不同于柏拉图的。但是奥尔森会说，这是背离柏拉图，而不是赫拉克利特，或前苏格拉底哲学。如果考虑到古代文化，也许就是没背离诗歌轻理性和线性秩序的文化。我在此省略了一系列具体的历史进展。例如，布莱克在这种诗歌观里有着举足轻重的地位。大卫·安廷指出故事或情节与叙事之间的差别。20 世纪 70 年代的时候，我不会这样去看叙事，我对这一术语非常警觉，可是现在我信服安廷的论点：过程写作确实允许叙事但不受情节（或故事）的推动。安廷认为，叙事是我们走过一个序列时所发生的改变。[①] 在此意义上，我把我的书当作无情节的叙事来构建。这就是为何我强调过程导向不妨碍物品的创造。诗歌是我们在世间遇到的物品，不过是半自治的物品。诗歌的物性比“诗”性更重要。

然而，这又标志着 20 世纪 70 年代晚期和 80 年代的改变：人们更感兴趣的是创作有物体密度的诗歌，这样的诗歌优雅简洁有质感，你可以用头部撞击，就像威廉斯所说的机器，由词汇造成的机器，强调的是人工制品特性——嗯，不仅是其人工制品特性，而且是奇异性，还有系统、程序或概念性。由词语原料构成的大大小小的奇特装置（contraptions）强调的是**圈套** trap，如同捕蝇草 flytrap 一词中的 trap 那样。在文本的元素经历改变的时候，没有情节——为一件事情为何发生提供一个

① The Beggar and the King. In *Radical Coherency*: *Selected Essays on Art and Literature*, 1966 *to* 2005. Chicago: University of Chicago Press, 2011.

主题逻辑的开头，中间，结尾——只有大量动态的叙述潮涌：女士们，先生们！——信不信由你！——就在你们眼前。我这样说是因为在70年代晚期和80年代，有许多人热衷于并列结构——也就是说，零散的语言单元没有逻辑联系而相互并列。但是，它们确实开始产生联系。它们只是不以线性或情节驱动的方式关联而已。当具象串联起来，有时候沿着音乐诗行串联，有时候作为动机串联，那么性质就会改变，文本就成为作品，诗歌就得以生成。这就是叙事。

这段时期此类作品里最显著的例子之一是琳·何吉尼安的《我的生活》（*My Life*）。因为是自传，这部诗集尽管是非线性叙事，却非常明晰。琳在37岁时写下第一版：共有37部分，每部分37个句子，经常是相同句子的重新排序。但是这样的布局丝毫不妨碍自传的情感性，也不妨碍你在不同的上下文中看到同一句子时体验到的叙事转换。过程并非没有容器，并非没有反推它并促使这类转换出现的结构和形式。

PG：您在昨天的会议上说到一件有趣的事：诗歌的暗示出现在可能事物的目的论视野里。然而您也表明语言诗是和传统决裂的。我想您是否具体指美国传统呢？延续如何与断裂或破裂相联系？您自己说在您的作品中既有延续又有发展——您自己的扩展。您本人就是一个扩展型诗人，您通过语言扩展……这些诗歌的暗示如何出现在可能事物的目的论视野里？借用艾略特之言，您如何把您的开头和结尾相连？

各种线索交错、扭曲、环回，如同莫比乌斯带或克莱因瓶那样。传统很重要，它关联过程。对我来说，最好的表述是由卡维尔说出来的爱默生思想：“在追求新形式的过程中避开规范。”[1] 避开的概念——即从……转向——比断裂和违背更吸引人，也更确切。不过在诗歌中，这些术语的差异关乎情感和愿望，而非确切的哲学描述或决定。可见，有些诗人谈论背离和断裂，或**中断**，打击（**四百击**[2]）是有理由的。法国人这么说部分是因为法国革命不同于英国革命。法国革命中的砍头生动地说明了这些术语。但避开或转开让人感兴趣的——用卢克莱修（Lucretius）的话来说——实际上是你没有感觉到分裂、断开、分离，只是感知到了离开和转向的过程。这就是我作为一个诗人所喜闻乐见的。我喜欢诗歌中出现的节奏关系，它们在传统之内，围绕传统运行，和传统有关。因为我的诗歌完全依赖传统。

我不写传统技艺意义上的诗歌，这是事实，我做的很多事情可以说是非传统的。然而，我所做的一切让人想起传统；我不断集结和再集结语言。有个批评者最近指责我使用陈词滥调，我觉得很有趣，仿佛陈词滥调不是最高尚，或最纯化的形式：化石语言。因此你不真正地——你不能，我也不想！——消灭传统。但是你可以质疑它们，让它们发声，或翻转它们。说到这里，我必须介绍瓦尔特·本杰明的和弦诗学，该诗学接受碎片和中断，即历史结构中的绝对断裂。但是本杰明谈到星系，不同的具体事物间的（非感官的）联系（有点像安廷的叙事观）。我的

---

① 我在《一种诗学》（*A Poetics*）（Cambridge，MA：Harvard University Press，1991）《艺术的状态》一文中就是这么说的。比较一下爱默生的话：“多数请求的优点是遵守规范。自我依靠是避免遵守规范”（Self-Reliance，1841，http：// www. emersoncentral. com/ selfreliance. htm）。卡维尔在《这个新却不可接近的美利坚：仿爱默生仿维特根斯坦讲座》（*This New Yet Unapproachable Ameirca*：*Lectures After Emerson After Wittgenstein*）（Albuquerque：Living Batch，1989）中，把爱默生的话说成：“在追求新形式的过程中避开规范”（69）。

② “四百击”（Les quarte cents coups）在法语中是一个固定的短语，其意思就是把不听话的孩子打400下，以便他能变成好孩子。

诗歌把看起来不同的东西联系起来，使差异得到关注，在此过程中建立起新的排列模式。也就是说，我想要的不仅仅是排列，更多的是排列的可能性，再集结语言把突现的，或未识别的，或被玷污的传统显现出来。虽然有从传统的转向，但同时也重新定向暂定传统的可能性，使传统成为民主的社会空间。这就是诗歌节奏的本质。

想象一下某假想政党的大会，会议期间拟定遵守和不遵守的准则，或重新安排或定义今后的准则。**现实不是这样**，你说得很对。现实中符号的冲突，以及根本不可能发生的事，历史却板着残酷的面孔告诉我们发生了的一切，不断地撞击我们。我想要的那种诗歌必须不同于生活常态，它是一片临时的空间或存放领域，我们在其中可思考另外的事物、另外的准则和组合模式，并且在诗歌持续的时间内活在这种想象的现实里。诗歌可在身临其境的言语经验内或凭借这种经验创造深刻而强化的联系。这既不是浪掷或倾卸，也不是清空，也不是创建某个通常只存在于抽象层面的事物。我想要的内心体验源于这样创作的诗歌：诗歌是栖居在这种语言强度中的心灵体验——总有迫近的（也就是说，断断续续的）转换可能。

PG：您把语言经验内的诗歌说成是物品，毫无疑问，也是艺术品。但您也提到诗歌的情感强度，以及情感和愿望。这些概念看上去矛盾，但实际上不，因为它们协同合作。您是如何处理它们的？您写作时把诗歌当作物品，把词语当作词语，我指的是扩展的词语。同时，您的写作也应对感染力、情感的强度，因为该强度也在增长。您是否意识到这个，还是这个不由您控制自行在诗歌中完成？我也写诗，对我来说，诗歌通过诗人替自身言说，也言说诗人，尽管诗人为了构建一个尽可能完美的物品而不断与它保持距离。您同意该观点吗？

有些断言似乎把诗歌置于非理性、超验，或宗教领域，我对此表示担忧。问题是当诗歌被宗教或超验断言收买后，心理和直觉强度通常（不总是）就会打折扣。一旦你开始谈论宗教，诗歌就有失去其奇妙特质之危险。宗教或超验断言就成为独立于诗歌的一套信念（包括对上帝的信仰）的延伸，给人留下陈腐和稳重的印象。诗人谈论灵性的时候，诗歌通常（不总是）似乎不写超验而指向超验（诺尔曼·费希尔和汉克·雷泽的禅宗诗学处理和避开该问题的方式，是很好的例子）。我对理智保持深深的热爱——也许这是怀旧。理智超出理性，但不是非理性。理智融合了直觉，包括杰克·斯拜塞所说的听写[①]，或你所说的诗歌书写自身。我在写诗时也有这种体验。你定下某事、某些情形，然后，**它开始发生**，它不全受理性的智慧控制，否则你就不会写诗，你会写另外一种作品。不过我在写散文的时候也会传导这种能量，有时候在谈话中也会。

这肯定牵连到无意识，但无疑也是心灵或理智的一部分。在我的创作中，当我进行（斜向的）外围思考（think periperally）时，就会产生某些意外的或没有预想到的联想。我学会了强化那些联想的生理反应。同时出现的还有声音、节奏或音乐模式，以及未上升到意识层面的心理状态。正如双关语、韵脚和头韵出现在我脑海中时，我并没有刻意寻求它们。因为我处于那个意识区域，所以它们才会向我显现。我花大量的时间进入并扩大诗思和文字想象特定的区域。我花大量的时间处理流过我头脑的词语流。在适当的情形下，我可以用不同的方式开发那些词语流。凭借诗歌，我们可以创建起传导这些文字/符号/象征/心理流的容

① Gizzi, Peter, ed. 1998. *The House that Jack Built*: *The Collected Lectures of Jack Spicer*. Middletown: CT: Wesleyan University Press.

器或结构或形式。诗歌在两重意义上都是媒介：既是物质底胚，又是接收信号的东西。**渠道**是另一个引起共鸣的词语——可以想到像河流或溪流的渠道；然而渠道也是外部接收的场所。当你创建起一首诗的形式或结构，也就建立起一个渠道，该渠道既传导感知流，或通过文字显现的无意识联想流，也传导来自外部或其他种类原材料的能量。如同斯拜塞所言，从外部引导而来的一切并非来自火星——但我很喜欢这个比喻——而是来自我们共享的社会和历史——而且来自记忆和心灵……社会和历史进入诗歌，而那种进入——来自外部——不是我有意识想出来的；联系的建立是靠预感或直觉，甚至是更潜意识的东西：它只是出现在我头脑里。我的头脑本来一片空白，然后在那刻某物突然出现。

这就像暗指运行的方式。一首歌或一行相关联的文字闯入我内心，和感知连接起来。我没有刻意寻求它，它出现了而已。我通常改变最初的暗指，将它扭曲或翻转，但我不能解释为何该暗指当初会出现在我脑海，也不能解释它是如何出现的。我抓住它，改变它，然后我**继续前行**。乐于接纳是基本才能——这种能力让你不盲从你认为正确的事物，而是跟随你的联想，跟随语言，使诗歌的节奏自行流淌，带你穿越激流，上蹿下跳，经过弯道和崎岖不平的片区。有时你从激流里弹了出来，开始漂流……但你紧紧跟随，观察所发生的事。这就像拍电影。你在那，只是拍下很多画面，然后在剪辑期间，很多事情就在后期制作时发生了。人们说，你实际上可以**在**摄影机**里**编辑。在人生的这个点上，我对写作已有足够的经验，尽管诗歌和散文是两种不同的体裁，可对我来说，写散文和写诗都是相似的。有时候我知道我在干吗，于是我停下来——我做够了那件事，开始做另外一件。但是，就过程写作而言，我知道自己在写作时对想到的东西不够投入。因为我可以在编辑时继续，只要效果好就行。

PG：我们谈到了与您的诗歌相关的混杂性，另一个与之关联的问题如下：您认为形式和功用，哪个在前，哪个在后？

在《抨击难诗》一书中，我探讨了亨利·彼得罗斯基（Henry Petroski）的理论。彼得罗斯基是工业设计历史学家，他把著名的包豪斯准则（Bauhaus formula）改写为：**形式尾随失败**。我很喜欢这句话。彼得罗斯基所指的事实是，“有用”物品的发明者们通常针对他们周围物品可察觉到的失败去进行革新。我的大学阶段是我最反包豪斯的时候。在写一篇关于威廉·塞茨（William Seitz）的论文时，我以“形式尾随快乐”为座右铭，创作了一种拼接—**组合**式论文。塞茨是艺术历史学家，为现代艺术博物馆设计了组合艺术展。这件事我现在看来似乎很傻，大二学生就是大二学生的表现——但我确实记得当时是怎么想的：新巴洛克风格的预感！——巴豪斯准则过于简单且过于严苛。

PG：您的意思是严格的极简主义？

是的，所以我省去了功用（function）的最后五个字母，目的是得到乐趣（fun）。事实上这也让人想起另一个对美国诗歌影响至深的警句，罗伯特·克里利的“形式向来不过是内容的延伸”，该话拓展一下就是，内容向来不过是形式的延伸。[①] 但我还是想说，围绕巴豪斯信念之核心议题的根本是功用的概念。诗歌的伟大之处之一是，它不一定有功用，不需要实用。我总在寻找无用的东西，使得诗歌不那么实用，或

---

① 克里利在《自传》（*Autobiography*）（New York：Hanuman，1990）中探讨了此话的可逆性。奥尔森在《投射诗》（Projective Verse，1950）中引用了此话。

使之有更纯粹的美感。当然，这只是一种眼界。

PG：是的，确实。“美感”一词有很复杂的含义，因为它涉及你是什么样的人，以及你作为创造者、哲学家和批评家在这个世界的态势和位置。

因此你可以说诗歌没有目的，但那不是它的目的。这是一个难解之谜：诗歌没有功用不是其功用。

PG：您提到过诗歌中的向心力，并且说这是主要模式。

对，因为向心力把各种不同种类的元素拉拢在一起，而不是把它们向外投射。

PG：那么您认为表演诗歌是向心模式的完美答案吗？以至于书写的页面，或字母表在页面上的投射，或字母语言的平稳形式，所有这些都是为了做出一个相对固定的解读和阐释？您认为表演解放了固定的形式吗？每次表演都更新，改写，重新呈现，重新扮演吗？对您来说，表演是否实际上是扩展的语言诗领域的终极表达？

诗歌表演的断层线之一在向心和离心之间。我认为高度投射心理的向心表演可能不如克制的表演有趣。向心表演就像一块烧得火红向内垮塌而没有向外爆发的金属。我更感兴趣的是那种内爆或内向，而不是外爆或外向。表演——无论是口头诗歌还是表演方法——都典型地以投射为导向，是向外的运动。正是为了反对这点，我才提出了内向投射与离心能量的结合。特蕾西·莫里斯（Tracie Morris）的 Slave Sho to Video aka Black but Beautiful 就是这类表演，玛吉·奥沙利文（Maggie O' Sullivan）的很多表演也是，还有格调迥异的梅－梅·博森布鲁格（Mei-Mei Berssenbrugge）。不过克里斯丁·伯克（Christian Bök）的外向表演也令人愉悦，部分原因是他的表演能量得到无节制的疯狂释放。但是转到另一层面上："表演"，如同"翻译"，对我承认的多数诗学性质来说，都是一个吸引人的，有时也是解放人的比喻。众所周知，当今你可以说一切都是表演，从自己在家喝咖啡到在剧院舞台上扮演李尔王的角色。所以这是一个非常宽泛的概念……

PG：是的，但是我用它特指表演诗歌或那种为了表演而创作的语言诗。

当然是。表演可以成为理解日常生活的模式，就像在表演一种身份或特征时那样。不仅诗歌朗诵是表演；诗歌阅读也是；"读"的双重含义回答了这个问题。诗歌可以提供与生活对接的表演模式。诗歌"自身"不是终点而是开端。

PG：我还有几个问题，不过下面这个问题也许是我认为最重要的。关于汉娜·韦纳《洞见日志》（*Clairvoyant Journal*）里的并置字体，这里我引用您在《扩大的语言诗领域》一文中的观点，"通过融合各种冲突的声音"绘在页面上的意识地图。怎样融合冲突的声音？这不是矛盾语吗？此外，我想到了阿波利奈尔（Apollinaire）关于声音并置而不是声音对立的观点。

这是我曾就本杰明提出的问题——完全相异的元素不是相互独立的零散存在，而是通过群组相互联系起来，它们之间存在和弦关系，我所说的**融合**或**融化**也是理解向心诗学的另一方式。毕竟星系由形成一个模式的不同元素组成。对本杰明来说，该模式可能是“非感官的”，既触发联想又不直接点明。[①] 我的**融合**诗学是融合的一种，也是美国诗学的基本模式。想想在拉丁美洲人们用融合指部分本土、部分天主教、部分发明的宗教活动。

PG：单个声音相互冲突，然而它们全都汇合到一起。

除了混杂语、洋泾浜语，或方言外，我们还可把美国激烈的语言冲突称为融合或异族结合。《洞见日志》有三个明显的声音，我们也许可从心理分析的角度将其理解为本我、超我和自我。这些不同的声音相互碰撞，创造出意识的融合空间。

PG：我发现罗恩·西利曼（Ron Silliman）的《科特贾克》（*Ketjak*）是书面扩展诗歌的极好例证，因为它真正在扩展，我的意思是越来越快地扩展。它开始时确实遵循一个等式，后来也把错误整合进来。

《科特贾克》是我在这里所探讨的一切的完美实例。

PG：也许我们还有时间探讨最后一个问题，然后如同常言所说，

---

① The Doctrine of the Similar（1933），《阴影时光》第三幕“相似性教条”（The Doctrine of Similarity）是此文的回响。

我就把柠檬榨干了。您认为极端—限制派（extreme-constraints）诗人在何种程度上受到了乌力波（OuLiPo）和佩雷克（Perec）的影响？

毫无疑问，他们受到了二者的影响。乌力波热在美国经历了真正的复兴。佩雷克主要是小说家，因此尽管他一直是最知名的乌力波作家，目前对乌力波作品真正感兴趣的却是诗人。伯克的《善意》（*Eunoia*）是最明显的例子。这是一篇彻底的漏字文（lipogram）——每一部分都用一个元音，同时还有其他限制。《善意》应用传统的句法和语法，有各式各样预先设定的叙事元素，是一篇精心杰作。

PG：您认为这类写作真正有创意吗？我的意思是我自己根本不认为您是受到了乌力波影响的诗人。

我没有受其影响，不过我对乌力波作品以及更宽泛意义上的荒诞玄学感兴趣。雷蒙·格诺（Raymond Gueneau）的《风格练习》（*Exercices de style*）非常吸引我。在我的风格练习中确实有些基于限制的作品，这是我所做的系列事情的一部分。但我更热衷于歪曲或打破或化解规则，而不是严格遵循规则。

PG：是的，我不会真正把您归入极端限制诗人。

我不喜欢守规矩——哪怕是我自己的规矩。我在宾夕法尼亚大学给本科生开设的“实验性写作”课程就是以限制为基础的，但是限制并不总像看上去的那样控制一切，我也把许多非乌力波的实验包含进去。我竭力像上造型艺术课那样上写作课。限制和实验让学生有机会避开常规的叙事限制，他们学会创造许多意合结构和意合叙事（pata-narratives）。但即使这样我还是对学生说，“如果我是你们，我不会遵守规则，尽管老师这么要求”。因为，我认为重要的是你知道何时背离计划，尤其是当你即将成为一个独立的艺术家的时候。我写作的方式通常是时时刻刻更改，在我建构的形式内创造急弯。

PG：您所指的在某种意义上就是罗伯－格里耶（Robbe-Grillet）所做的语言滑跌？

是的，但我认为法语意义上的语言滑跌比我所想的更高调、更节制一点。我真正感兴趣的是该词偏杂耍演员的含义，就像脚踩香蕉滑倒——即，世界突然介入，扰乱了你的行动，比方说开启我们在此对话的引子，你走在人行道上鞋跟掉了。这就是我喜欢的那类滑跌：屁股墩，真正的跌跤。

PG：确确实实是意外事情的介入，而不是错误？

对，不是错误的概念意义。因为错误也可指迷路。我经常迷路因为我方向感极差。

PG：您的意思是罗伯－格里耶的语言滑跌是绞尽脑汁的概念性尝试，而您喜欢的滑跌更具纯粹的意外性？

嗯，应该说更搅局吧。但有时我确实制订启动错误的方案，所以一点都不纯粹，包括意外的事。但如我所言，我最终更像杂耍演员表演滑跌时更粗俗、更内心或更烦扰的方面。发错音、口误、双关语：这是我的日常诗学，是我感知日常语言的方式；无论我喜欢与否，这种事情不断闯入我的感知。苏珊说“开两罐吞拿鱼（two cans of tuna）”时，我看到巨嘴鸟（toucan）的样子；然后我必须躲避，因为巨嘴鸟正扑面而来。我在写作中常常偏向更令人不适的双关语，也就是似乎不太优雅的双关语。

PG：是因为它们制造混乱吗？

是的，因为它们制造混乱，也因为这是游戏日常经验的方式。日常经验充满你不能克服的、绊倒你的混乱和障碍。我不由自主地对绊跌感兴趣。滑跌也很吸引人，一个细节消解在另一个细节里，词语变性、变形和替换，即语言内的跌和滑。但也许你感觉不到碰撞。我对跛脚类的碰撞很着迷。这是我诗歌的节奏。

PG：您对滑跌这一概念的定义方式让我觉得滑跌使创作行为活力四射。变形显得更自发、更活泼、更动态。您认为这会使得诗歌在动态存在方面更在场吗？对您来说，这是否是使诗歌更鲜活，使您自己更鲜活，使事情更鲜活的方式？

我不了解它让我成为什么样子。这个问题很难。

PG：好吧，这个问题不说了，就谈谈诗歌吧。

你在打开另一罐虫子，一个真正的潘多拉之盒！我当然喜欢在一首诗里通过节奏的摆动、反常的转移、不雅的转变，来强化语言体验，可能也是感知体验。那是否真正影响，或如何影响诗歌外的生活，我不想说什么。

PG：那对诗歌有影响吗？

有。本体感受的强化肯定影响诗歌，也肯定在我写作的时候影响我。这有可能让你读诗或听诗歌表演时改变或增强感知——如果你以我想要读者—听者听到的方式听到了这首诗，从有些人对我的描述来看，我认为他们做到了这点。那么，你在那个审美瞬间将会有这种扩大的多维体验。你可以称之为审美快感，但实际上它比该词有时所暗示的意思更发自内心、更概念化、更迷幻（或更有心理动力）。它在诗歌持续的时间内发生。它在诗歌之外有何效果？也许只是提醒你，你可以有那种体验，这也许就足够了。或者只是：在那些时刻得到了那样的体验，别无其他，那样也够了。

除此之外，在概念和哲学上，诗歌是其他社会组织，其他感知现象学，其他意识感知的模型。再次回到如下观点：诗歌可以给人们提供方式，以理解表面迥异的具体事物间的关系——大相径庭的材料的组装或组合或叠加。这是美国民主空间的潜在模式。在美国我们有多种语言和意识，人们毗邻而居，创造出超出部分之总和的事物。我们称之为新世界，尚在生成中的世界。我们该怎样去想象该世界？或者我们如何避免想象而真正活在其中？这与容忍和同化有何联系？诗歌有可能给一系列的哲学和社会问题提供感知模式。这些模式不是解决方案，而是反思……这可深化我们的对话。这不是政策。我想要的诗歌不会告诉你要做什么，但会真正帮助你去思考问题，重新定义问题，再回到会场，帮助我们去重新汇集或重新考虑我们相互共存的条件。

PG：我喜欢您的跛脚之说，想请您谈谈这个概念。我们可以把跛脚看成障碍，看成一种状态，或者我们也可以从运动的角度看它，就像一个人跛着脚蹒跚而行。您能解释一下您所指的跛脚是什么意思吗？

跛脚是我想出来的题目，用以命名马丁·里歇（Martin Richet）翻译的我早期的几本书，《阴影》（*Shade*，1978）和《曲调的出现》（*The Occurrence of Tune*，1977），以及《内容之梦：1975—1984 散文集》的前言。[1] 它来自《内容之梦》的一句话："沉思是灵魂的跛脚，由此它逃脱罪责。"跛脚的一个意思当然指身体状况。

PG：因此指的是残疾，但您也把它变成了其他意义。

我承认跛脚不只是比喻。残疾造成困难，那些被视为残疾的人通常遭到指责或忽视。再者，还有与残疾名目下的系列情形相关的正面和负面的具体历史，存在状态和能力。**残疾**还像**表演**和**翻译**一样，有更广的含义。残疾诗学对我来说具有基础性：诗歌来自文化标识为变形或残疾的事物，延伸一下，诗歌也被如此标识。就像同性恋、种族或民族那样，残疾与大的意识领域相关，与表达令人嫌恶的强烈感知相关。我所实践的诗歌始于残疾，这种残疾明显、浓烈、不屈不挠，它掌掴语言。语言素材不轻易屈服于我的意志，而是反推我，戏弄我，把我绊倒。**跛脚**暗示一种音步：不合拍或切分，也就是有节奏无格律。"beats the

① *Pied-Bot*. Nantes, France: Joca Seria, 2012.

rap”中的 beats 可以是韵律节奏，但是 beats the rap 也是一个俚语，意思是逃脱罪责。当你逃脱罪责的时候，你脱离了困境。“rap”（刑事指控——译者按）是警察对你的指控，或者延伸一下就是，你受到的任何指控：你拿过车钥匙吗？结果是你没拿，这样一来你就逃脱了责任。但 rap 也和 wrap（包裹物——译者按）谐音，因此击打它（beating it）也意味着摆脱限制你的器物。

PG：所以实际上您的 rap 是一个伞形概念（umbrella concept）……

rap 也指敲击器物使之发声［例如兰坡（Rimbaud）的诗行“如同某人轻轻在敲击”］。我们击打形式，使得形式发出声音。同时 rap 又是一种表演诗歌，节奏感很强的那种。再回到跛脚的概念：跛行很不雅，一瘸一拐痉挛般的动作。我总是不断回到诗歌的质感里去……

PG：这是因为焦虑不安吗？

这也因为失去平衡。我不是在把残疾缺陷浪漫化，而是竭力在保持真实。我宁愿自己不是这样没有方向感，想去南边却去了西边。可是每个人都有局限，每个人都有不同的起点。语言是局限，自我也是。我不想试图通过超越或通过普适的人本主义去克服这些不足，而是喜欢去撞击它们然后反弹。那样我离真实更近。

PG：不过这也许是所有艺术要做的事：看到了局限，撞击它、敲打它、顺服它？

但并非所有人都这样。如果我明天早上去机场可以没有任何时间限制，我肯定就不给自己设限，但是从市中心赶往机场的过程必须要有。然而在诗歌中，沉迷于缺陷可能变得非常美妙。我赞美的不是错乱本身，尽管兰波是这样，因为我知道许多人遭受感觉错乱折磨，他们宁愿错乱终结。很多时候我也这么想。但我确实认为，有必要把错乱当成人类共有领域的一部分去识别、承认并探索（并由此而重新布局）。我不打算赞美被诅咒的诗人，而是要找到我作为一个微不足道的诗人的位置和步态。

对话9　与约书亚·玛丽·威尔金森[1]

如果你说我唱歌走调了，我的爱人
你将伤害我的感情，难道你不明白吗，我的爱人？
我希望有你那样的耳朵，你那样体面的声音
上帝赐予的情感和声音是我的全部所有
你坚持我的音乐违反了常规
是啊，可常规从不为患相思病的傻瓜制定[2]

JMW[3]：诗歌批评者的目标是什么？

在我平行的宇宙里，诗歌批评者的目标在于找到并推出最有回响的诗歌，这样的诗歌为永远都转瞬即逝的当下改变诗艺，使手头的诗歌和其他历史上或当代的诗歌相连（没有一首诗完全自成天堂或炼狱），清晰地表明其具体并有争议的而非普遍的想当然的价值和（真实和想象的）历史。诗歌批评者的目标还在于挑战自鸣得意者、文笔流畅者，鼓励未经尝试的、激进的、出乎意料的、不可能的、反常的、荒诞探询的

① *Evening Will Come*, No. 35（2013），原题为“走调”（Off-Key）。本对话通过电子邮件回答固定问题完成。

② Newton Mendonça/Antonio Carlos Jobin, trans. Gene Lees, Desafinado（1958）.

③ 本篇对话中，“JMW”是 Joshua Marie Wilkinson（约书亚·玛丽·威尔金森）。

一切。永远不要低估破坏性发明或拿来主义提炼的价值。

JMW：*您如何看待新出版的诗集所获得的正面评论？这样的评论是否恰当？该有更多的负面评论吗？*

我很烦在没有上下文的情况下例行陈规地重复这个问题，这有点强制的意味。我欢迎人们给值得负面评论的作品更多负面的评论，同样，给值得正面评论的作品更多的正面评论。但通常情况下不是那样，不是吗？

我的座右铭一直是，永远不应该说应该。我得到过很多正面评论。相比负面评论，我更喜欢这些评论。有些负面评论很实在，涉及我的作品所产生的问题或其多得不可胜数的缺点。不过更多情况下，负面评论的出发点通常是：作品不是诗歌而是噪音，作品即使不欺骗或不虚伪也根本没有价值。有时候官方诗歌文化的执行者们似乎有一套做法，使他们总能跟踪到活的作品然后去攻击：活死人王国憎恶反抗。然而，我们要提防的官方诗歌文化执行者并不是从外部攻击我们的人，而是隐藏在我们自己中间的那些人。

有争议的诗歌引发的争议比循规蹈矩的诗歌多（记住，上一秒有争议的诗歌下一秒很快就变成了循规蹈矩的诗歌）。多数关于缺少负面评论的争辩，是墨守成规主义文化欲强推遵守规矩的表现。背道而驰者引发争议，然而，诗歌“消息”的市井化和其他任何类型的市井化有着同样的问题［当时我们可能觉得有意思，早上却觉得饥肠辘辘（且不受尊重）］。许多诗歌评论的问题不是正面或负面的问题，而是它们不知道（或移植了）自己的假定，它们的写作方式似乎让人觉得其文类或形式没有诗歌的文类或形式重要，它们**想**说的东西很少。

JMW：您如何应对许多人所认为的当代诗歌中的过剩？您如何跟上诗歌出版的节奏？

诗歌再多也不为过。散文太多了吗？音乐制作太多了吗？但是太多的文章说诗歌太多了（或者说诗歌不像从前那么好了，或驳斥这样的说法）。同时，总是缺乏那种为读者和非读者打开新视野，同时超越常规、改变诗歌之为诗歌或诗歌之可能性的条件的诗歌（告诉你哪些东西太多了：贫穷、监禁、共和党人）。

JMW：您对那些没有写过评论而想开始写书评的批评者和诗人有何建议？

别用劣等的散文去复述上等的诗歌已经做过的事情。

对话10　与史蒂芬·罗斯[①]

SR[②]：我想以艾米莉·狄金森（Emily Dickinson）的一首诗开始：平凡的礼物和受阻的话语/告知人心/虚无—/“虚无”是那股革/新世界之力—[③]

我认为这首诗在几个方面和您的作品呼应。首先，该诗呼吁人们关注“受阻的话语”，从而揭示“人心”（打油诗般的）真相。但是该诗随后又把在这种情境中出现的“虚无”进行了社会意识方面的扭转。您在别处曾说过诗歌的“负经济”（negative economy），您的作品经常表现破碎的“坏”诗歌语言。您在最新的著作《重新估值》（*Recalculating*）中写道：“诗歌应该不发声，不被人阅读，不可视，不可思议。真正的诗歌从来不能被写出来也不能被听到。”关于“虚无”，不知您是否有话要说？

我特爱这首诗，对我来说，它非常像策兰（Celan）的诗。据约翰逊考证，该诗写于1883年左右，其时狄金森已经53岁了，离她去世的日子很近。如果把它当作诗艺来读，我感觉与它很近，以至于我无法就

---

① *Wolf* 28（June 2013）. 本对话通过电子邮件完成。

② 本篇对话中，“SR”是Stephen Ross（史蒂芬·罗斯）。

③ Johnson, T. H., ed. 1955. *The Poems of Emily Dickinson*. Cambridge, MA: Belknap Press of Harvard University, No. 1563, 3: 1076.

其本身去考量它。40年前的1973年，在温哥华附近的西蒙·弗莱泽大学（Simon Frazer University）罗宾·布莱泽（Robin Blazer）教授的狄金森研讨班里，我认真研读过约翰逊三卷版的狄金森诗集，那是我大学毕业后所修的唯一课程。但狄金森最初影响我是在我上高一的时候，那时我师从理查德·范戈尔德（Richard Feingold）（他后来去伯克利教书了）学习狄氏诗歌。一首诗能够是（**是**，非**做**，如同我常说的那样）什么样子，狄金森给了我一个基本感觉。就在今年秋天，因为我的身份诗学课，我又回头读了狄金森。在这个课里，马塔·维尔纳（Marta Werner）给我们谈狄金森晚年的手稿、信件、片段，以及狄金森在信封背面写东西、把纸片变为宝物的方式。维尔纳和詹·伯尔文（Jen Bervin）把她们近来有关狄金森的著作命名为“华丽的虚无”（The Gorgeous Nothings），指的也是该诗，同时也指维尔纳的妙语。她把狄金森的“由信封的两个，可能也是三个部分组成的出其不意的拼接”称为“谱成/夕阳/的/华丽/虚无/恒/在”。[①]

关于这首诗首先要说的是，它是以一封信的形式送给苏珊·狄金森的礼物，然后送给我们，相隔久远的读者。因为不受出版要求的限制，或者也许最好说，受到不出版的限制，狄金森也许比其他任何同代人都能更自由、更激烈地跟我们谈她所称之为永恒的话题。由于她手稿的不确定状态，甚至由于她的诗歌**作为**诗歌（而不是作为甜蜜的虚无，随记）所得到的认可，我们任何人收到该礼物的可能性都绝对地不确定（如果你能理解其中的矛盾修辞的话——我感觉你完全没问题）。该诗

---

① Werner, Marta. 2004. The Flights of A 821: Dearchivizing the Proceedings of Birdsong, in *Voice*, *Text*, *Hypertext*: *Emerging Practices in Textual Studies*. Edited by Raimonda Modiano, Leroy Searle, and Peter L. Schillingburg. Seattle: University of Washington Press, 2004, p. 299. 也可参阅 Werner and Bevin. 2013. *The Gorgeous Nothings*. New York: New Directions。

是（受阻或迟来的）礼物，既送到了那个超级的虚构里，又送给了未知的一切（“永恒之巨大口袋”）。

诗歌制造**虚无**（这里甚至不要去想虚无!），它在词语间的夹缝（推延，空白）和礼物的冲突中显现。礼物（这件礼物）是被恢复在场的礼物。至于互惠，什么都没回赠。

我的诗学是平凡的诗学，既古怪（无魅力、不悦人、不高级）又亲密（甚至私密）。打油诗和通常畸形的（你说得很对，受阻的、反对的、挫败的、拖延的、落后的）节奏和韵脚、矫情、怪癖和语言错误有双重作用：一方面指远离家乡熟悉的一切，同时也指即使在家也有的思乡情绪以及对这种情绪的安之若素。我知道这发送混杂的信号。但我认为我不是唯一一个感到未知的事情最熟悉或者正常的事情不正常的人。我不是在谈疏离感，而是其反面：一个异化的国度，造就你发现自己身处其中的领地。近来有个评论家不屑一顾地认为我的一首受阻的抒情诗很嘲弄，因为对他来说，笨拙标志着拙劣的模仿，或更简单地说，劣质。但是笨拙是主场。

很长时间以来我的座右铭都是狄金森的“难道你不知道‘不’是我们送给语言的最不羁的词语吗?”①

如果和禅关联，那又是另一码事。我认同你所说的“社会意识”含义，但同时它也暗示社会意识的疏忽（socially unminded）。要小心缝隙。在缝隙中也别在意。

“我没什么说的，我现在没说什么。我没什么不说的，我在说。我没什么不说的，我现在没说。”我把狄金森的这首诗解读为接近否定辩

---

① Johnson，J. H.，ed. 1958. *The Letters of Emily Dickinson*. Cambridge，MA：Belknap Press of Harvard University. 第562封，致Otis Lord法官。

证法的诗。这种虚无是不存在任何事物意义上的虚无，即空白中心周围的变体。了解虚无就是直面失落、绝望、悲伤，无法挽回的一切。虚无修复这个世界。

革新又是另一回事：再次翻新，现在翻新。词语的革命是虚无的力量。

SR：再跟进一下第一个问题：阿甘本（Agamben）说他所有的书都是那部他不能写的书的序言。有您不能写的作品吗？障碍是什么？

我的诗歌深陷于无能为力和迷失方向的泥沼，同时也充满热情、讽刺、生机、荒诞和狂喜（二者通常相同）。我想这就是使得我的诗歌和其他许多诗歌格格不入之处，同样也是使得我的诗歌不同于许多人对诗歌的期待之处。只有说出来，我才知道自己在说什么。只有说出来，我才知道自己该怎么说。对我来说，一首诗歌就是在迷路之后再找到路，在诗歌里我的短视展示的是优雅。想起瑞兹尼科夫（Reznikoff）那首诗："坚实的路看不见/一杆之遥/唯有狭窄的当下鲜活。"①

我写诗也有实用因素：写我能写的，写我擅长写的。我利用我的不利（也就是说我在给定的有利因素下写作）。我没有上蹿下跳，只是向下深钻。

我的诗是虚无的序言。

无用的你不明白的虚无（Nothing without youse）。

---

① Coony, Seamus, ed. 2005. *The Poems of Charles Reznikoff: 1918 – 1975* Jaffrey, NH: Black Sparrow/David Godine, p. 197.

SR：您的作品对我和我的美籍犹太朋友们（包括查尔斯·瑞兹尼科夫的一个年轻亲戚）都很有意义。我们在成长的过程中听说过桑迪·科法克斯（Sandy Koufax）、史蒂芬·斯皮尔伯格（Steven Spielberg）这样的英雄，但必须靠自己去发现朱科夫斯基、瑞兹尼科夫、斯泰因、奥本（Oppen）、拉科西（Rakosi）、鲁凯泽（Rukeyser）、里奇（Rich）、罗森博格，以及其他许多人。作为一个犹太诗人，不管是否是实验主义者，似乎牵涉从一个边缘化的群体的内部为之发声的尴尬境地。我想，在此意义上，犹太诗人和别的任何类型的诗人没什么不同。但是当然，那悲喜交加的尴尬却非常具有犹太特色。如同您在《重新估值》中所言："我是一个犹太人/困在犹太人的身体里。"[①] 您如何看待美国犹太文化与该文化中的伟大诗人和艺术家的关系？

在此基础上跟进如下问题：在《抨击难诗》的几篇文章里，您都用到"米德拉什反律法主义"（Midrashic Antinomianism）这个词组，其中包括《放弃主张堂》，您在该文中谴责其"错误的教条"，令人捧腹。通常您的诗歌听起来像出错的"米德拉什"，或犹太寓言。从这个意义上讲，似乎有可能在一个漫长的寓言传统里解读您的诗。该传统从布拉斯洛夫的瑞布·纳赫曼（Reb Nachman）开始，一直延伸到弗朗茨·卡夫卡（Franz Kafka）和艾德蒙德·杰贝斯（Edmond Jabès）。您认为自己和这些人物对话吗？在他们之后做一个犹太诗人意味着什么？

犹太笑话使我的写作具有谜的味道。尽管我有时将其与一些具体的犹太喜剧家关联，可我认为你说的背景很确切：我的作品与你提到的作

---

① Unready, Unwilling, Unable. In *Recalculating*. Chicago: University of Chicago Press, 2013, p. 129.

家以及他们“非常规的”（bent）方法对话，我们可以用其他许多名字来填充该名单。卡夫卡还是我父亲的“菜”呢［我的《放弃主张堂》来源于卡夫卡的《罪犯流放地》（The Penal Colony）］。

看过我朗诵《放弃主张堂》的一些人说，我给人的感觉是教会唱诗班的指挥在领唱。《短忏悔祷文》（Oshamnu），即救赎犯罪的赎罪日祷文，被植入到该作品中。[①]

根据犹太教义，我被上帝选择而不是我主动选择。这对我影响很大，只不过不是一直有影响。也就是说，我感兴趣的犹太性是对做犹太人的状态的具体反应（循环推理让人得到解放）——以及与该状态进行的论争。像其他身份一样，犹太身份是犹太文化的产品。它被潜移默化地吸收，是接触陶醉感、群体幻觉，就像1962年前后从迈阿密枫丹白露酒店12英尺高的跳板上跳下来，肚皮先着水的动作一样真实。没有什么比那更真实。作为一个犹太人，这就是最真实、可靠、合情合理的形式，**恕我直言**。我是自己身份的快乐天才［效仿一下威廉斯，他在“俄罗斯舞”（Dance Russe）中孤独地裸舞，并宣称，“我是我家的快乐天才”］。[②]

我担心犹太人采用迫害者的种族定义去决定谁是犹太人、谁是混血，这是反动的做法。但是我不会拒绝这种外在的标记，我不能。如果你不想做犹太人，那就别做。祝你好运。然而没有不再是犹太人这等事。我也不接受犹太性只由宗教信仰或犹太复国主义界定的观点。我认

---

① 在《诡辩家》（*The Sophist*）（Los Angels：Sun & Moon，1987）《人不是一个象征实体而是神的化身》（A Person Is Not an Entity Symbolic but the Divine Incarnate）一文的第18节，我重新构想了这个祈祷文：http：//epc. buffalo. edu/authors/bernstein/poems/oshamnu. html。《放弃主张堂》（单身汉机器，仿杜尚仿卡夫卡）是《抨击难诗》的最后一篇。

② Litz，Walton and MacGowan，Christopher，eds. 1986. *The Collected Poems of William Carlos Williams*，Vol. 1，1909 – 1939. New York：New Directions，p. 87.

为犹太性既在突变又在重建，既是一个踪迹又是一套信仰，既背离其历史又是其历史的阴影。犹太人幽灵缠身，因为他们被追猎而绝不放弃差异的标识，无论该标识多么虚薄，只是出于纯粹的、振奋人心的（或偏执狂的或使人虚弱的）固执。无标识的同化之路已经尝试了数百年，曾在“二战”中致命地失败，现在似乎还是行不通，其可取性就更不用说了。这是进退维谷的境地。杰贝斯说所有的诗人都是犹太人，但多数都不是我读过的那些诗人。肯定不是所有的犹太人都是诗人，因为诗歌的许多做法，在我看来，都与犹太主义相左（撇开我们能发表的持相反观点的评论）。

我们中间那些不把犹太性与（或**仅仅**与）宗教信仰相关联的人不时会这么说。总之，这是一个想法。

SR：《重新估值》包含葡萄牙语、法语、俄语和拉丁语等译文，也有来自德语和芬兰语的音译，就像朱科夫斯基翻译的《卡图卢斯》（*Catullus*）一样。您译的阿波利奈尔的《米拉波桥》（Le Pont Mirabeau）明显地非同寻常地美。美对您来说重要吗？

我对美知之不多，可我知道我喜欢什么。这有区别吗？

在过去的这些年里，我挣扎着应对我看重的诗歌元素和其他人似乎看重的诗歌元素间的巨大差异。对许多获奖诗歌，我通常的感受是谁会喜欢那样的诗？上周末，我去参加了一个朋友的追思会。朋友的遗孀也是诗歌艺术家，朗诵了一首肯定深深打动了她自己的诗，但我认为作为对其诗艺与该诗美学相左的人的吊唁（所幸的是他听不到），该诗只能说是烦人、平淡、没有美感。我讲这个故事的目的不只是显示我的偏执，而且是承认美学评判对我和我哀悼的朋友多么有影响力。在《抨击难诗》里，我写到了亨利·佩特罗斯基（Henry Petroski）有关发明的理论："形式尾随失败。"这本书里译文的起因通常是，我感觉其他译文没有捕捉到所译作品之美（我希望别人觉得我的译文也是这样）。

开始时你的问题有关平凡的事物，现在我们转到了美的话题。我钟爱平凡的美，或受阻的或损坏的或易碎的或转瞬即逝的家常的美，古怪或独特的美。我也喜欢意识到失落时的美。此情此景里，挽歌感激美丽的一切，因为美根本不是虚无。

尽管如此，虚无依旧。

我想起波德莱尔的《致红发女乞丐》（A une Mendiante Rousse）中的"纤细裸体"和《重新估值》中我的一段波德莱尔译诗：

> Go then, without any other ornament—
> Perfume, pearls, diamond—
> Than your scrawny nudity,
> Oh my beauty!

SR：如您所说，我们的对话主题已从平凡转到了美，没受任何东西驱动，我喜欢这种方式。这又引发了关于您作品中的一个重要概念"过渡"的话题。我最喜爱的您的散文之一是《河流与山川》（Rivers and Mountains）（1966）系列里您给约翰·阿什贝利特刊《结合》（*Conjunctions*）写的那篇。您在《蜿蜒的扬子江》一文中指出，阿什贝利在他的第三部诗集"引进了一种既避免阐述又避免断裂的非线性联系逻辑"。您在别的场合挪用了医学术语"闭合不全"（一种先天性的胚胎组织非正常连接）来描述"记录过渡而非连续性的随机顺序"这一方法。您收集在《诡辩家》中的《闭合不全》一诗，以及其他许多诗歌，也表现了这一技巧。您的主要写作单位是“过渡”，而不是诗行或句子，这样说合理吗？您关于诗歌过渡的思想是如何逐步形成的？

也可以这么说，**过渡**是我倚重过多的比喻。引用一下爱默生在《美国学者》（The American Scholar）的话：“思想的序言，即无意识经由它进入意识的过渡，是行动。我所知道的只是我生活过的。我们很快就知道谁的话语包含生活，谁的话语没有包含。”[①] 但我也想到兰斯顿·休斯（Langston Hughes）《延迟之梦的蒙太奇》（Montage of a Dream Deferred）关于过渡中的民族的题记，我在《重新估值》里引用了它。这让我想起纽约街头的生活，街坊出现戏剧性的转变，有时候一个接一个街区地出现；或者在地铁站（效仿庞德的《地铁站》）：人群中这些种族的心悸/旋转木马眉毛上冲突的颜色。

《重新估值》里有首题为“一鸟二石”（Two Stones with One Bird）的短诗，是为我的朋友兼宾大同事、庞德/乔伊斯/拉康学者，让－米歇尔·拉巴泰（Jean-Michel Rabaté）所作。该诗可以改成“阐述/来了/阐述/去了/但过渡/永远/在/这”（用**阐述**替换**救赎**，**过渡**替换**无常**）。然而这多么没有创意，我似乎只是改述了爱默生的《圆圈》（Circles）中的观点：“除了生命、过渡和振奋人心的精神，一切皆不可靠。”[②]

另一个版本可能是“传输在我，耶和华说”。（所以汽车修理店的伙计对我说，你需要过渡到一个新的变速箱。我只是顺道来看看我的变

---

① American Scholar（1837），http：//www. emersoncentral. com/amscholar. htm.

② Circles（1841），http：//www. emersoncentral. com/circles. htm. 本访谈最后一句引言也是来自这篇散文。

速箱过渡到了哪个地步）①

或者说：我不知道喜欢什么，但关于变化我知道很多。

我痴迷的（一个痴迷**必须**即刻**导向**下一个痴迷）是吸收思想及其渣滓。我认为，不良改写之于吸收，如你所示，就像崎岖路之于歌。吸收是一套文化标识向另一套文化标识的过渡，可以是显性的也可以隐性的。人们总从一种奇怪的意义上谈论过渡，也把它当作死亡的委婉说法。我们面对死亡时有过渡，那种痛苦使得重新估值成为必要。对于每次诱购，都有**衍生**（derive）的反制措施（情境主义的漂移把艺术从生搬硬套的转向中拯救出来，反之亦然）。

我诗歌的结构模式——崎岖的非常规的节拍——来自过渡的程度和性质：或硬或软，或隐匿或莽撞，或突然或平滑，或急促或冷静，或狂乱或逻辑，或可信或莫测，或连续或唐突，或映射或回响，或幸福或不幸……对于精致而奢华的细微差别和变形来说，**并列**（parataxis）是个非常呆板的术语。过渡不只是在意象到意象或句子到句子之间出现，还在词组到词组或音素到词素之间出现（这是我在连续断裂的句子和爆炸式句法诗歌之间所做的对照，即使两者都是“散文”——20 世纪 70 年代出现的散文体诗歌本身就是标识和组织过渡的方式）。［我不会堕落到玩词素（morpheme）和吗啡（morphine）的文字游戏］

在诗歌中，我想发自肺腑地感受过渡，这就是为何所有那些关于大脑和理论的言论，都让我觉得是因为没有能力或不愿意搭乘诗歌提供的便车（正如要求假装是为了预防产生真实感觉）。

当通常不被注意到的过渡被注意到的时候，维特根斯坦用“怪异”

---

① 圣经中并没有“传输在我”之说，只有“复仇在我”。括弧里的话原文是 So the guy in the garage tells me, you need a new transition. I just dropped in to see what transition my transition is in。伯恩斯坦此处把玩了 transition 一词。（译者按）

(queer) 这一术语来指代。荒诞探询［Pataque(e)rical］是助长这种时刻的方式，但目的不是让人意识到不合时宜——仿佛诗歌是一个调子的《强尼最近来了》（A One-Note-Johnny-Come-Lately)。这样表述的问题是：突出断裂成为我想要的那种诗歌的障碍。阿什贝利曾意识到这点，并解释为何他讨厌“热”而不是“凉”的过渡［改写一下麦克卢汉(McLuhan) 的著名表述］。

我呢，我从来没遇到过不喜欢的过渡。

但你必须逆流而行，跟上浪潮，不断在水流的每一侧面两次踏进同一条河流，否则，你就会像芝诺（Zeno）悖论所说的一样，到哪里的速度都不会快过龟兔赛跑故事里兔子角色凯欧提（Coyote）到达抒情角的速度。[①] 违规烦人又自负。在你想要这种语气的情形下，违规大有裨益，我有时候就想要，但把碰撞当作节奏来听则是另一码事。大卫·安廷说情节与叙事之间的区别是叙事中有转换（有点像故事和寓言之间的区别)。过渡行过渡之事，不只是标记变化。不过话又说回来，标记时间难道不是诗歌的崇高职责吗？有点像把碎砖变成病金条。

再次引用爱默生——回到我们对话的主题：“美是过渡的瞬间，仿佛形式就要流入其他形式里。任何稳固、堆砌，或集中于一个特征——长鼻子、尖下巴、驼背——都是流变的反面，因而是畸形的。”[②]

但如我刚才所言，我的长鼻子、尖下巴、驼背将我固定在地球上，就像宇宙飞船总是拴在其雕像上一样。阿多诺（Adorno）是错误的

---

① 译者按：芝诺悖论即“两分法”悖论：阿基里斯（Achilles)，希腊神话里跑得最快的人，永远赶不上在他前面出发的乌龟。因为他得不断赶 1/2、1/4、1/8 等，一直到无穷分之一的距离。凯欧提是美洲土著传说中常见的“无赖”人物。凯欧提也暗指芝诺悖论的另一个版本，龟兔赛跑故事中的兔子（跑得快的兔子永远跑不过跑得慢的乌龟)。抒情角是伯恩斯坦虚构的地方，暗指抒情诗所在地。

② Beauty（1860/1876）：www. emersoncentral. com/beauty2. htm.

（爱默生也是）：物化如同灾难报道的高电视收视率一样不可避免。

如果你的眼睛伤害你，要习以为常：最好带着三只眼步入生活，而不是抛弃你心灵或世界的任何一部分。

我憎恶过渡，想要停止。不过不是在**这**，也不是**这**，或**这**。不是现在，无论如何。

SR：这也许是个标志性问题（如果是的话，请接受括弧里的话作为致歉的标志）。但我想知道如今在 2013 年您对语言诗传统有何感想。我问这个问题时，不太肯定该用哪种提法："语言派诗歌""语言为导向的诗歌"，还是"语言诗"（L = A = N = G = U = A = G = E）。

在《扩大的语言诗领域》一文中，我竭力提供了关于语言诗的起源、方法和发展轨迹的记述，该文满是名单、思想和背景。经常有人问我这个问题。尽管我很有资格回答，可我更喜欢闪烁其词或模棱两可。我不想重复以前说过的话，这就给了我一个挑战，让我必须尽量说不同的东西（且避开重复并不产生同一性这一事实）。

我在访谈中不回答问题，我把该形式当成创造一系列简短的对话性作品的机会。但另一方面我又制造了问题：我的解释需要解释。

"语言诗不存在"，这也许就是语言诗的最大长处。并不是说长处就一定是长处，在这种情形中也许是不足，或者问题出在我的说法不是真的。我没有忽略集体性或定位，而是尽量改写二者，使之适合抵制界定或定则的过渡诗学。这就是定位和原则，但这也免不了内部分歧。相比之下，扩大的语言诗领域肯定存在，它由即使矛盾也还是相互关联的诗学构成，也许通过散文色彩的闪光，作为潜在诗歌的变幻不定的聚宝盆而存在。

要看到这一领域的经纬，你必须找到方式兼容像梅－梅·博森布鲁格和史蒂夫·麦卡弗里（Steve McCaffery）这样不同的诗人，把他们当作重要代表，当作定基调者。我曾经很难接受怀旧的地方主义者的自传体修正主义（大家都在谈论自传，但没人采取行动）。但话说回来我整个人就是个修正。

任由狭隘思想控制的文学运动有停滞不前的危险（就像甲喹酮抑制社交）。总之，对我来说，语言诗运动是向心的，在其寻求相似性的轨迹中表面上没有民族性。

几年前在巴西的一个双语朗诵会上，瑞吉·邦文奇诺（朗读我的译作）要我们用白色的经典字体刻制的“运动的叛徒”（traidor do movimento）以及黑色的面具（就像圣保罗监狱里的黑帮戴的面具一样）搭配黑T恤。（我的）面具上写着**原创**，（译者的）面具上写着**叛徒**。[①] 忠信是无常之事。忠诚的代价是缺乏自信。在神学问题上，我更喜欢低保真而非高保真。

这一直就是我的看法，但我认识到该观点值得争议且已有争议。这是我的观点。

传统是人们所说的过时的电脑代码，已经被不可在旧应用上运行的更好的新代码取代。当你年纪更大时，你就得面对过时或累赘的幽灵——这几乎是一种生理焦虑，不关乎实际的诗歌环境。该环境只是给隐性的侮辱增加伤害。如果你曾经的生活是通过破坏在你之前出现的东西给自己（你们自己）创造一个空间的话，那么你也会这样死去。我认为我没怎么破坏我之前的东西，但无论我怎么申明，破坏都是在所难免之事。看到较年轻的一代人中有些人那么舒服地接受团体绰号，觉得

① http：//epc. buffalo. edu/authors/Bernstein/blog/archive/cpfl. html.

很有趣。我对此一直都过于耿耿于怀。

我不会加入一个有成员的团体。话说回来我做过很多我不会做的事情。

我把《语言诗》周围的领域看成临时的集合，其目的是开启不同的阅读和写作实践。在许多方面，最强大的动力来自修正主义者，他们努力书写与当时占主导地位的诗歌史背道而驰的诗歌历史。

人们短暂地聚在一起，然后走不同的路（即使他们没有意识到）。由于诗歌的社会经济里处处都是忽视，不满情绪与日俱增。有些人因为事情的结果不像他们计划的样子而愤愤不平。“你也有份，布鲁图”（“Et tu，Brute”），[①] 还有“再来一杯龙舌兰”几乎是我家里的口头禅。

新日子从过去那些旧日子里露出曙光，更黑暗，却还是不由自主地新。看到周围那么多好友都早已过世（借用罗伯特·克里利的贴切短语），我甚感悲哀。鲍勃（克里利——译者按）也走了。不管你怎么看，总之这伙人一起变革，不断推出更多的表演，一如既往的好表演。

至于我自己的作品：我喜欢你回答时的策略，忸怩地说：“那留待别人去说。”这是忸怩的策略。我过于忸怩。因为我以书为单位创作，我要一本书一本书地审视过渡，看什么样的模式组成了杜尚所说的堵塞的网络。我的作品一直都是流动漫游的，我没有再三重复同一诗歌形式，但是我也许重复过一套形式。同一性通过变化而留存。现在我在考虑下一步我能做什么事情能与我以往做过的任何事一样有活力。尽管我有令人讨厌的过去，我位处诗歌的当下。在我所有的书中，最后一本得到有些人同样的甚至更多的喜爱，这让我很高兴，但我并不认为最后一

① “Et tu，Brute”是一句拉丁语名言。这是在莎士比亚的《凯撒大帝》中，罗马共和国晚期独裁者恺撒（Julius Caesar）被其好友加养子马库斯·布鲁图（Marcus Brutus）刺死前所说的最后一句话。这句话被广泛用于西方文学作品中概括描写背叛。（译者按）

本最好。我不是由我愿意做的事情引导，而是由我能做之事的极限引导，或者更直白地说，由我不能不做的事引导。

在最近出版的我作品的索尔特指南（Salt companion）[特别感谢编辑威廉·阿雷格里沙（William Allegrezza）和出版商克里斯·埃默里（Chris Emery）] 中，玛吉·奥沙利文的诗歌从我最早一首歌《避难所》里选取一些诗行。我用《避难所》开始《天堂里所有的威士忌》。"'撕扯'失败"（类似于手撕猪肉，我猜）是玛吉从该诗的词汇里"标识"的融合词；它也可指《重新估值》中的母题。另外，这是我现在的想法——当时若以《避难所》开始《重新估值》，也许也会很完美。玛吉把《避难所》中爱默生风格的最后一行用作她的标题："循环"（circles from which），或者说荒诞—爱默生风格——因为循环是恶性的（但也是黏性的）。

SR：*您感觉与当代哪种艺术最亲近，哪种艺术最疏远？*

我和苏珊·碧度过了生命中很长一段时光。她是个画家。我和视觉艺术家一起的时间很多，与艾米·西利曼（Amy Silliman）、理查德·塔特尔（Richard Tuttle）、米米·格罗斯（Mimi Gross）、吉尔·莫泽（Jill Moser）、苏珊以及其他许多人合作过。最近和西利曼的合作是我经历过的最精细的合作之一。我们为"二重性"（Duplexities）创作了大约一百张图片和一百首诗歌，图片和诗歌相互碰撞，不久我们就分不清图片和诗歌哪个在先。多数时候我们成套做"二重性"，艾米寄给我一系列图片，我为每张图配诗歌，然后一首一首地寄回给她，接着她再寄更多的图片回应我。艾米所有的图片都是她用小指在苹果手机里完成的。起先我在我的 Droid 手机里看图片，并立即打字回复她，但过了一阵我又开始用我的 MacBook Pro 手提电脑（我希望《狼》能通过产品植入广告募集资金，我认为这对当今数字时代小出版社的筹资很关键）。就这样，虽然我写诗歌的时候手头有图片，但图片本身又是对前面诗歌的回应。一切都是回音。我们甚至仿照**绘画诗**（ekphrastic）造了**图像诗**（iconophrastic）一词，来指代艾米画画回应诗。在此过程中产生了一部诗动画《小指的统治》（*Pinky's Rule*）（在“宾大之声”上），艾米朗诵我的诗歌为她的动画配音。动画由成千上万张绘画组成。在此情形下，我以艾米不断继续的动画里的“静止图片”为基础创作诗歌的某些部分，但最后她把动画和完整的诗歌相配（诗歌的灵感相应地来自她的图片）。整部作品都很有莫比乌斯特征。

关于你提的问题的第二部分：我不太关注很多体裁的写作和艺术媒介，但当我试图更清楚地说出具体的体裁时，又觉得这会显示我的短板。我想在此次访谈中表现我最拿手的东西。我不想让你的读者认为我是个怪物（有时候我是）。曾经告诉一个朋友我不太喜欢舞蹈，她难以置信地看着我，仿佛要说，舞蹈那样多才多艺的东西你竟然不喜欢，你怎么可以是此等庸俗之人。所以，别让我回答这个了吧。

SR：诗歌曾经说服过您什么吗？

诗歌从没说服过我什么，但是我们去过那，可能甚至回来了，不是吗？有些诗歌在我读的时候说服了我，但第二天早上我就不将其当回事了。庞德没能让我相信高利贷，艾略特也没能让我相信天主教。克里利毫无疑问让我相信他用他的方式写诗的绝对必要性，也让我相信信念是诗歌的组成部分。就此而言，我可以说若干诗歌都让我信服其形式的必要性；也许这对我来说就是价值判断标准。我读的很多诗歌，甚至是多数诗歌，只让我相信它们乏善可陈（不一定是坏事，但通常够糟），极度传统，无视诗艺。不过我又是谁，有什么权利这样该死地说三道四!?我想你问的是，是否被某个说教的观点说服，而不是体验诗歌时的真实感受。那是不是意味着诗歌必须按照想要说服的框架来打造，否则我们就会打开一个劝诱副产品（又叫真实）的潘多拉之盒呢?

杰恩·科尔特斯（Jayne Cortez）有一首题为“强奸”的诗，该诗为警戒及复仇所做的辩护确实让我信服，尽管我持一定程度的矛盾态度。

布莱克对我来说永远是最伟大的说教诗人。他一再让我信服合理性（rationality）对理性（reason）构成的威胁，不过也许我接触诗歌时已经想到这点。对我来说，诗歌更有可能是确认而不是说服。但我真的认为自己的诗歌具有修辞性。

SR：存在诗歌美德这种东西吗？如果可能存在的话，和道德上的美德能有联系吗？

存在，又不存在。存在：我认为一首诗的美德是其素材的真实性，有点像朱科夫斯基所指的“诚实”。不存在：不是道德的观点，而是诗歌的真实。因此我不会把它与道德情操相连。道德不是诗歌该做的事，总之不是我想要的诗歌该做的。最好的诗歌都深陷妥协、绝望、怯懦、失落、矛盾，以及审美沦丧的泥沼。最糟糕的说法和想法：我不是故意要轻率地反对阿诺德；我是想把诗歌置于属于想象的细心和鲁莽之中。诗歌，我想要的诗歌，不比“我们”更好。它们就是我们。

SR：您现在在写什么？

零零碎碎的东西。我在努力一天天地过，看我能想到什么，什么能来到我跟前。我有心写另一本散文集，书名是“诗歌的黑音”（*The Pitch of Poetry*）。

SR：乔恩·洛维兹（Jon Lovitz）真的写了《黄页》（*Yellow Pages*）吗？更重要的是，您如何在20世纪90年代晚期那些令人称奇的《黄页》广告里担任“批评家”的角色？[①] 我还注意到您在《发现福里斯特》（*Finding Forrester*）中扮演了学校校长——那是怎么回事？

这些事都有联系。我通过某个参与做黄页广告的人，得到了格斯·范·桑特（Gus van Sant）的《发现福里斯特》中的杰克·西蒙的角色。起初试镜的时候，范·桑特让我扮演电影中的幼儿园虐待狂老师，后来由F. 默里·亚伯拉罕（F. Murray Abraham）扮演。校长这一角色是桑特提供的配角。我想说，这有点像威廉·巴勒斯在《药店牛仔》（*Drugstore Cowboy*）中的配角。《发现福里斯特》中的另一个配角由乔伊·布塔福科（Joey Buttafuoco）出演。对于杰克·西蒙这一角色，我可以说是本色出演，他们甚至让我穿自己的衣服。

至于《黄页》——电影制作人杰夫·普莱斯（Jeff Preiss），是我的老朋友，苏珊·豪的女婿，听到我朗诵《日志节奏》（Log Rhythms）时，有了那想法。《日志节奏》提到电话本里所有名为“鲍勃家”（Bob's）的内容。[②] 我在那些广告里确实是本色出演。但如果说有人写了这方面的书，那就是杰夫。就卖电话号码簿来说，那确实是令人陶醉

① http：//writing. upenn. edu/pennsound/x/Yellow-Pages. php.

② http：//www. ubu. com/contemp/bb/log_13. html 及下一页。《日志节奏》（Log Rhythms）收录在 *With Strings* 里（Chicago：University of Chicago Press，2001）。

的时刻，因为网络正从根本上淘汰这一印刷文化的典范之典范。我对《黄页》的确有真正的热情。偶尔会有人责备我做那些广告出卖了原则。我只希望能出卖得更多。

这个问题故意留白。

“除了生命、过渡和振奋人心的精神，一切都不可靠。”

对话11 与安德鲁·戴维·金[①]

ADK[②]：我想从书本这一现象开始——作为物件和作为商品的书本。2010年，您和汤姆·多诺万（Thom Donovan）聊过您的诗集《天堂里所有的威士忌》的组合过程和依据。某些作品种类［非诗歌（non-poems），当然区分诗歌与非诗歌并非易事］被排除在外。散文和剧本与《我的路》（*My Way*）里的诗歌一起出现，扰乱了更多主流大出版社对汇编书面作品的态度。您说过最后的成品"从头至尾有很强的联系"，但"不是诗歌在外形、语气，或风格方面的联系"，而是"部分之间的增效重组"的联系。同时，您决定删除按时间顺序选取的或者某些情况下节选的文本的标题，从而使得这些部分线性地融合起来（制造"一种文本歌剧"——那里有您的剧本）。[③] 您最近出版了《重新估值》，这是您7年来第一部足本新诗集。所以我想知道，在您组织汇编了《天堂里所有的威士忌》之后，您现在对编文集是否有明显不同的想法，或者，换一种说法，相对于诗选，您对汇编一部"新"文集是

---

① *boundary* 2 44：3（2017）。本对话原题为"对诗人来说过于哲学化"（Too Philosophical for a Poet）。安德鲁·戴维·金（Andrew David King）和查尔斯·伯恩斯坦2012年12月20日至2015年3月7日间通过电子邮件完成。

② 本篇对话中，"ADK"是Andrew David King（安德鲁·戴维·金）。

③ Donovan，Thom. 2010. Interview with Charles Bernstein（Part 1）. www.poetryfoundation.org/harriet/2010/04/interview-with-charles-bernstein-part-i/（accessed July 18，2014）.

否有明显不同的想法。如同多诺万在访谈中指出的那样，“诗选”“在这个特殊的文化时刻显然是一种文类”，不过这样的“新文集”同样也是。您如何面对、思考，并走出（或从平面通过，或从上面越过，或从下面经过）人们对这些类别的预设？这些预设通常都受市场驱动，我想，在您完成一本具体的书的过程中，它们会对您施加许多压力——有意识的和无意识的。在这个竞技场中面对来自另一个作家的作品的压力是什么样的感觉？比方说：路易斯·朱科夫斯基的作品，您为美国图书馆编辑过他的诗。

《天堂里所有的威士忌》最初的手稿比最后出版的书要多大约三分之一的诗歌。尽管较长版本更接近我自己对本书的构想，然而我认为出版商乔纳森·伽拉西（Jonathan Galassi）没错。他只保留三百多页，强迫我从一大堆文字里削出一部有自身逻辑的新作（如果可以称之为逻辑的话），这是我在削的过程中发现的逻辑。如同大家所言，真相，或者说谎言，隐含在素材里，对我来说也是一样。我会很高兴用完全不同的作品，包括散文和剧本，做另一部选集，不过目前还没看到这种可能。

我做其他选集的经验来自译文集：过去的这些年里，我一直和一些诗人或译者合作，他们大多编辑过我的诗歌集或散文集。两部挪威译文集例外，它们更像《我的路：演讲与诗歌》（*My Way: Speeches & Poems*）。因为那些编辑或译者很熟悉我做的东西，所以就按照我的方式去编书。不过话又说回来，这些书的特殊价值在于推介。

我所有的译文集，都要译者自己去选择，我一般不乱指手画脚，因为这些诗人想译的对我来说都是最佳选择，比我能想到的代表性好得多。翻译也一样，主要关注的是新的译诗如何成为独立的创作，让忠信见鬼去吧。再说，忠信于什么呢？词语、概念、结构、形式、风格，或者交流？

最令我惊喜的经历，是詹姆斯·伯恩（James Byrne）递给我一本由泽亚·林（Zeyer Lynn）译成了缅甸语的已经出版了几年的散文和访谈选集。很高兴我对该书一无所知，很高兴译作对一个我完全不知的世界说话。但是，世事流转，泽亚·林下个月要来纽约了，我渴望见到他。

有趣的是，我曾想要《天堂里所有的威士忌》尽量接近普通的诗集，结果我甚至都没往那方面靠。这么说吧，它就是乔装打扮的普通诗集。虽然我真的认为它对于我的作品是个很好的引子，但那反而是因为它不真正代表我的作品。

但我不能说，我对那本书的市场考虑比对其他任何一本多。我从一首难以驾驭的长诗《避难所》开始。从该书的内部逻辑来说，我认为这是有意义的，但从任何关于市场的想法或从容易进入该书的角度来说，都没有道理。不过我想，那就是来读这本书的人想要的，或者说我想要给他们的。粗俗地说就是，资本主义不一定关乎提供熟悉的文化产品，也关乎市场细分。所有长刺的并非都是玫瑰。

我对创造作品非常着迷，对用适合我的方式合成书非常着迷，这在某种程度上意味着我被推到了理智的极限。

你把朱科夫斯基选集作为我的榜样可能是对的，只不过那本书极为简短。但我还是想把它作为范例，这意味着为了照顾书的组合，既要节选又要排除几首最好的诗歌。

我做书做了近40年。多数时候，我都认为书是我创作的基本单位，但现在，也许是因为《天堂里所有的威士忌》和译文集的原因，我把我的书看作临时的展品：其他组合隐含其中，但之所以隐含是因为每本书的具体结构。《重新估值》和《女孩似的男人》间的间隔，比我其他足本文集间的间隔都要长。《重新估值》里有些作品比《女孩似的男人》早得多，这在文集展开，再合拢，最后消失的规模和叙事方式上开启了新的可能性。

ADK：关于出版物、出版这一主题，我们来谈谈《语言诗》，以及过去的大约40年直到今天，它如何推广、塑造、记录诗人群体中部分以先锋派风格创作的人。

在1997年发表在史蒂夫·伊万斯（Steve Evans）和詹妮弗·莫科斯利（Jennifer Moxley）的《认识欠缺讲座系列》（The Impercipient Lecture Series）的论文里，凯特·莉丽（Kate Lilley）引用了鲍勃·佩雷尔曼《诗歌的边缘化：语言派写作和文学历史》（*The Marginalization of Poetry*：*Language Writing and Literary History*）里的观点，即虽然“语言派写作”到90年代中期时已成为一个可识别的流行词，但“从来不存在任何有自发意识组织的名为语言派作家或诗人的团体——甚至连固定的名字也没有”。[①] 莉丽借用佩雷尔曼关于该运动开始的“临时”说，即一群个体由于“反对美国诗歌中主流的体系”而统一起来。这与史蒂夫·本森（Steve Benson）在《在美国之树上》（*In the American Tree*）对一群作家的描述并无二致：他们“引人注目地用自发展示的文献，提示人们意识到在别的情形下可能被当成冒犯的作品之价值”。[②] 想想巴特（Barthe）对命名和头衔的不安，这种不安似乎和《语言诗》的许多作家的担心有紧密联系，您觉得这些事后才有的历史描述准确吗？当一

---

① Lilley, Kate. 1997. This $L = A = N = G = U = A = G = E$. Impercipient Lecture Series 1, no. 4. Reprinted in http://Jacket. Jacketmagazine. com/02/lilley02. html (accessed July 18, 2014); Perelman, Bob. 1996. The Marginalization of Poetry. Princeton, NJ: Princeton University Press, pp. 11–12.

② Benson, Steve. 1986. *In the American Tree*. Edited by Ron Silliman. Orono, ME: National Poetry Foundation, p. 487.

群本着同样理念，为解决同样问题而努力的作家开始同时聚到一个名下、一个旗帜下时，会发生什么？在何种程度上，《语言诗》杂志是一个先前就已存在的团体的证明，而不是那个群体创作的媒介？

去年（2012年）8月您在《书套2》（*Jacket* 2）里发布了您和布鲁斯·安德鲁斯想出来的一串《语言诗》代名词，包括神秘和质感都恰到好处的“S/s”“T. C. W.”“An”，喜剧性的“Rasta”“Scum O' the Earth”“Just Another Poetry Magazine”“Ron Silliman's Interview”，干巴巴而又滑稽的“Wordness”“Present Tense”“Language Bound”。[①] 我认为，这是对命名既焦虑又幽默的证据：为何《语言诗》这个绰号保留了下来？琳·何吉尼安评论她发表于《质询的语言》（*The Language of Inquiry*）里《如果被写是写作》（If Written is Writing）一文时，说您和安德鲁斯通过该杂志“提议理论不必外在于诗歌”，因此可以抛开“正常化的说明文风格”的桎梏。[②] 1978年2月第1期的第1篇，正好是拉里·艾格那（Larry Eigner）“斯坦式风格”的散文。该文问及有关语言的作用和物质性的问题；回响着1971年出现在《这》（*This*）里的关切——参见克拉克·库利奇发表在创刊号上的诗歌《做成的思想》（Made Thought），该诗的第一行是“做出了它的思想”（made thought which of it）。[③] 促使您和安德鲁斯使用“语言诗”作为杂志名是否有模仿的因素，后来有意或者无意又作为您诗歌群体的名片？开个玩笑，我可以问为何不是“=L=A=N=G=U=A=G=E=”——开头和结尾

---

① Bernstein, Charles. 2012. you know it don't come easy. http://Jacket2. jacket2. org/commentary/you-know-it-don't-come-easy-alternate-titles-language-1977 (accessed July 18, 2014).

② Hejinian, Lyn. 2000. *The Language of Inquiry*. Berkeley: University of California Press, p. 25.

③ 整套期刊档案可在Eclipse. org网站查到。

都是等号，引发不同的连接——如同伯克利的一个教授反问的那样？

《语言诗》把不同的绳拧到了一起：它是由编辑的愿景（也就是说，决定）所创造的组合，是我和布鲁斯觉得需要，但在别的意义上不需要，或不明确需要联结起来的东西。我们做的是猜想和观念的选择：不基于（或不仅仅基于）既存的样板或群体，而是我们为这一领域绘制虚拟地图的结果。我们不想要地图上的节点是一个城市的人，或我们私下认识的人，甚至非得是相互之间觉得有联系的人，对此我们十分坚定。我们看到了联系，想要言明这些联系。毫无疑问，在纽约对我们的方法感兴趣的诗人很少，知道我们所做之事的诗歌圈子之外的人更少，这样我们反而因祸得福。我们那时并非老朋友（不过我们中有些人现在已经是老朋友了），也不是大学同学，甚至都不在一个紧密的社交圈里——我们的方法在所在的环境中很新颖，同时受到相当多的即使不算蔑视也是冷遇的对待。这就是为何联结我们的不是一套我们自己的文体原则，而是对一系列普遍接受的诗歌手法的厌恶。但我想说厌恶在诗学中有界定作用，它也确实伴随着一些偏爱和程序，包括对异质形式以及我正在说明的非诗学的偏爱。

有些诗人当时在做我们觉得相关的事情——有一种奇妙的朝着不同方向牵引的集体精神。有历史因素：坚守美国和欧洲诗歌史上的一系列先例。有哲学因素：探究赋予我们诗学或美学背景的方式。但我认为更重要同时通常也更难看到的是，我们想赋予我们所做的哲学、政治、美学思考一个语境。我和布鲁斯非常有意识地特别介绍一些诗人，给杂志定下基本的框架。我们罗列了标有收件人和价格的杂志和书籍，这是试图确立讨论方向的关键举措。然而这是一场对话，不是一个学派；是一次运动，不是一个教条。我们多数时候都专注于招募人员，那些有兴趣参与对话的人我们都很欢迎；我们几乎没有拒收过寄给杂志的任何东西，因为真正寄东西给我们的人都是自愿的，而且人数不多。

我和布鲁斯都是至上的拼贴主义者，出刊都经过精心编排。我们疯狂地不遗余力地节选素材。记得埃里克·莫特拉姆（Eric Mottram）告诉我，看到他自己150页的论具象诗的书被删减到500字时——选取离散的句子来体验整本书，他很震惊。对理查德·福尔曼，我们做了相似的事情——嗯，也许没有像节选莫特拉姆那么激进，但从我们觉得相关的剧目里挑出他的一些段落。理查德在一个书店看到了这本杂志，给我们写了个便条：他很高兴。从此我们成了朋友。福尔曼和我们作为诗人所做的事情之间没有任何先在的联系：他的东西对我们来说似乎就是必需的，一旦我们把它放入杂志，也就有了联系。

我们坚持做短文，不超过500字。这样能选更多的人，同时能直入主题。多数需要说的话都能在500字以内说完，我们是这么想的——过去和现在我都警惕典型的说明文里的废话，真的我在这方面已说过很多！短文也给了那些羞于提诗学理论的人更大的参与度，因为我们想要帮助的多数诗人都不常写或抵制写诗学理论文章。

我们是“硬”编辑合作。从我们选入杂志的任何文字、征集的任何稿件、特别介绍的任何诗人，一直到每本列出或节选的杂志或书，我和布鲁斯都必须同时认可。这就意味着我们必须向另一个人证明选择的合理性，以及这些选择和我们的编辑方法的相关性。在我们的构想中，文字的重要性不取决于其是否符合某个理论；我一直反对这种意义上的理论。但是选取的作品必须对我们组织的对话有帮助：我们有意识地做出偏颇、有明确目标的选择。这就意味着我们的框架之外存在审美上有说服力的诗歌。同样重要的是，我们拒绝了一些貌似相关，然而我们不喜欢的“实验”诗歌；我们反对两种麻醉剂：一方面是包括一切实验或先锋诗歌的包容性，另一方面，以前的友谊或圈内交情。二者都使审美选择原形毕露（不冷静、妄下判断、布尔乔亚、排除异己、独断专行）。来自我们方法的余波仍然可见，但通常已经被那些没有同理心的人糅合在理论助推的学院术语和审美判断中。我们的选择主要基于我们所创建的框架之内的审美偏好，然后我们在相互谈及时或在自己的诗学理论里，竭尽全力去陈述这些偏好。“理论上”看似属于《语言诗》的诗歌或诗学也许不符合审美标准。这一直是主要问题所在，不仅是我们的问题，而且是以下这些杂志和出版社的编辑共有的问题：《屋顶》（*Roof*）、《山峦》（*Hills*）、《这》、《那里》（*Là Bas*）、《通巴》（*Tuumba*），以及《托特尔》（*Tottel's*）。这不是说我在回望的时候没有看到错误；实际上判断因为友谊和结盟而变得复杂。判断总是混杂着利益，既有投资方的也有被投资方的。我的诗歌《异样的身体感觉》（Foreign Body Sensation）有几行诗关乎这点：

判断
少作
你不
被判断
& 世界溜
走 无人知晓
你对于它
它对于你①

① Bernstein，Charles.（1987）2004. *The Sophist*. Cambridge，UK：Salt Publishing，p. 103.

琳的强调没错，她说我们想要诗学在写作上和我们所写的诗歌一样注重形式。关于《语言诗》杂志，这点是最根本的，同时这在当时或之后的其他杂志里也是最罕见的。

可以轻易地在诗歌（诗学）说出来的话，为何一定要在散文里说？

关于名字里的等号，我们决定使用“语言诗”这个名字时，面临如下事实：这是美国语言学学会的期刊名，杰克·斯拜塞的《语言》（*Language*）使得该名字为我们所有人熟知。因此我们面临着区分名字的实际问题。当时想找一个图形区分，布鲁斯和我决定用等号，不过我说不出原因。这个符号看起来很好。我们要苏珊·碧做一个徽标。第一期杂志顶端的徽标是由苏珊和她父亲一起做的。他是个图像设计师，也有生成铅字的电脑制图机器。但他得手工把字母和等号贴上去，因为机器无法让它们靠得足够近。

ADK：去年秋天在伯克利这里，英语系主办了一个题为“无限诗学”（Boundless Poetics）的学术报告会，云集了众多批评家、诗人、教授和批评家兼诗人兼教授等，大家或描述或规范地探讨了诗学问题。我没能参加报告会，很是失望。后来我问琳·何吉尼安讨论会是否有录音——有时候系里会将举办的活动录音保存，我希望能体验数码版的报告会，但她说没有录音。她说组织者想要报告会成为……嗯，她用手做出这个轻快掠过似乎在撒灰的动作——昙花一现，或者如其主题那样无限，我猜是这样。您说想要这样（一种）“在写作上和我们所写的诗歌一样注重形式”的诗学，这让我想起我的导师埃里克·法尔奇（Eric Falci）为该报告会准备的发言中提到的观点。他的意思是，当然，我这是过于简化他的话（但我希望通过这种方法来提炼出他话中的关键部分）：只想问什么是诗学？如果它“无限”（当然，这并非不容置疑的准则)，它能是什么吗？如果它什么都不是——如果它不是我们可以把意向性导向它的明确且确定的物体，不是世界上“那里”的某个存在之物的话——它是，可能是，一种赫拉克利特之流、一个运动或某种活动吗？其在场、重要性很明显，但当有人追着要我陈述它是什么时，我头脑一片空白。您毕生的事业都关乎诗学问题。我在您的《内容之梦》(*Content's Dream*) 里的《写作与方法》(Writing and Method) 一文中也看到这点。人们可能会认为，您在该文中对哲学与诗歌的传统区别的解释，是诗学与学术间区别的解释的必然结果。

先不说更普遍意义上的大学诗学和教学的状态——我希望稍后再回到这个主题——我想问有关您的《诗学实践》(The Practice of Poetics) 一文的问题。该文出现在戴维·尼科尔斯 (David Nicholls) (由现代语言协会出版的)《现代语言文学学术导论》(*Introduction to Scholarship in Modern Languages and Literature*) 中。如果联系此文中比比皆是的主张来看的话，我对其形式很好奇。它有传统的哲学语篇的风采和姿态，但它同时也以某种方式启动它豁免的那种并列思维：“并列写作、联想，与要求一个思想从属于下一个思想的形合论述一样具有说服力或令人信服。”[①] 该文“分为”(在该语境下肯定是个含义丰富的词) 11 个部分，每个部分都有自己的特色，但同时也被文章整体以及按数字标号的推进所把控。该文一个引人注目之处是，它如何设法从开始看上去像传统的三段论论证的结构中，套出一种总体上的临界感——进一步评说形合论述受人偏爱的无声却滑稽的方式。我无法不留意到这些连串的格言似的断言：“学术需要诗学。”“阅读要全球化，写作要地方化。”“诗学是文

① Bernstein, Charles. 2011. *Attack of Difficult Poems*: *Essays and Inventions*. Chicago: University of Chicago Press, p. 75.

学研究的必备条件。”“诗歌是我们用来给害怕承认的一切打折的名字。”[1] 我对最后这句最感兴趣，它让我想起另一个作家对柏拉图将诗人从他的理想城邦驱逐出去的说法所做的推断（该推断深埋在我的无意识里——也许是您?）：基于诗歌无用甚至危险而对诗歌进行的任何摒弃都无济于事，这种摒弃本身只能表明诗歌是一种拥有某种自治权的语篇——换言之，是强大到足以被禁，或如您所说，被害怕的东西。

开始“诗学实践”这样的项目时，您如何设法用说明文和诗学论文两种模式写作？我想二者肯定是不同的形式动因。我想问，在可能的情况下，您在这种文章里提出的问题，如何反过来去影响乃至破坏自己的说法。我试图去理解窃以为是该文中最首要的形式张力——意合和形合之间的张力，但我意识到其他力量可能影响了您当时的写作方式。我们能“走出形式”与之保持足够的距离，从而从某种元语篇的优越地位去评论形式吗？或者如我上面所言，我们是否会满足于把形式理解为不可逆转的在场，或辩证的恒常存在？再追问一下，人们也许要问，“清楚的写作是修辞效果，不是自然事实”这一主张，是否得把自己由此而打造成，或必须打造成，另一种修辞效果?[2] 如果对最后一个问题是肯定回答的话，人们可能继续问，这种反思式的自我打造——针对批评本身的规范性话语批评，尤其是当这些批评通常按规范性话语来建构时——实际上是否有问题?

诗学总是有限（且受束缚）的。在《现代语言文学学术导论》的那篇论文里，我的主张是，诗学——我想要的那种诗学——在承认其情

---

① Ibid., pp. 75 – 78.

② Bernstein, Charles. 2011. *Attack of Difficult Poems: Essays and Inventions*. Chicago: University of Chicago Press, p. 75.

境性和修饰（dress）上不同于其他哲学和批评性写作。所以，该文出现在《抨击难诗》的语境中，读起来就和《现代语言文学学术导论》的很不一样。引述一下斯坦利·卡维尔的话，具体来说就是，我对照了两种哲学写作：随便的和一本正经的，然后我提议，随便地写非正规的游击队诗歌。可以说，这种标识或游戏我所操作（通常无照，也就是说有特许）的话语边界的愿望，也是我诗歌的显著特征。假如我坚持我的诗歌和我的诗学一样是修辞性的，那并不意味着我认为别人的诗学或诗歌不是。说到修辞，我想起的不只是劝说。2012 年，我和查理·阿尔铁里（Charlie Altieri）通过电子邮件对此进行了持续的讨论，因为我觉得他修辞感不够强，这对他所持的立场造成了致命的打击。修辞对我来说总是被诡辩术浸染，但那是一种显示其善意的诡辩术。想起杰罗姆·麦克甘的话，“谬误里的真理”。[①] 对于一个表面上批评清楚的阐述性写作的人来说，我的论文看起来也许是清晰表述和异想天开的怪异混搭，但事实是，我既不反对清晰，也不反对含混，二者之中任何一个都不是必需的。在《语言诗》创办的那些日子，我发现，缺乏对批评术语以及诗歌评论的审美价值的反思使得大家丧失了信心。但是这种缺乏所标志的，不是阐述的清晰度，而是审美规范（aestheticonormativity）。

最近评论短诗《我为何不是佛教徒》（Why I Am Not a Buddhist）时，我写道：“我更关心的是什么是谬误，而非什么是真理。所有真正的诗歌都来自深深的恐惧、僵滞和怯懦。”[②] 这里我又故技重演：马上用“所有真正的诗歌”这一表述削弱任何类似的说法。虽然二者肯定

---

① MacGann, Jerome. 2007. Truth in the Body of Falsehood（Clark Coolidge's Poetry）. In *The Point Is to Change It.* Tuscaloosa: University of Alabama Press.

② Bernstein, Charles. 2015. Why I Am Not a Buddhist. *Jacket* 2. http://jacket 2. org/commentary/why-i-am-not-a-buddhist（accessed January 12, 2015）.

都正确，但我不是自相矛盾，甚至不是想要左右逢源，而是想要创建一个这样的空间：后一说法的热情受前面坦承的限制（先前的抑制使你后来的说法变得清白无辜）。

我有过错，可我没做那事。

ADK：关于您和阿尔铁里各自对于修辞的叙述，您能再多说说你们之间的区别吗？

我所读过的他的作品中有多处论及修辞，我正在梳理。在《狂喜的细节：一种情感美学》（*The Particulars of Rapture: An Aesthetics of the Affects*）中，他论述了现代诗人试图把他所谓的“感觉”（feelings）和“感情”（emotions）对立，鉴于后者受到以下两方面的长期玷污：“多个世纪以来的修辞”，社会强加的等级行为和特权与具体感情的联系。[①] 再举另外一个例子，在《扩大庙宇》（*Enlarging the Temple*）中，他对新批评的描述是，通过提升反讽的地位，调和了之前流行的浪漫派对诗歌和诗学的两种态度间的裂痕——把诗歌理解为“修辞工艺品”和把诗歌理解为“以某种方式本身包含了经验”，也许后种情况指的是，诗歌的语言结构可充当某个独立于它的某物的代理或指称。[②] 您在《我的路》中对华兹华斯的翻转——您说诗歌是“情感中回忆起的宁静”，回归到重视既引发喧嚣又创造秩序的诗歌概念——也在此浮出水面。[③] 对照修辞，您如何看待摇摆在作为外部式经验的指称和作为独立的修辞之

---

① Altieri, Charles. 2003. *The Particulars of Rapture: An Aesthetics of the Affects*. Ithaca, NY: Cornell University Press, p. 50.

② Altieri, Charles. 1979. *Enlarging the Temple*. Lewisburg, PA: Bucknell University Press, p. 23.

③ Bernstein, Charles. 1999. *My Way: Speeches and Poems*. Chicago: University of Chicago Press, p. 11.

物之间的诗歌？这种分裂（假设我们可以暂时保留一下此概念的话）跟诗歌实践有任何关系吗？我们需要改进或放弃吗？反讽是否足以融合二者？阿尔铁里在《扩大庙宇》中还说，批评家的任务“是识别工艺品和经验这一对立之谬误，用比新批评的奠基者们所提议的哲学上更为合情合理的词来表述”。[1] 我猜您认同该观点，至少认同对立之谬误这一提法。但我不知道您是否认为有充分理由相信，被当作诗歌近亲的修辞打造了类型非常特别的经验。无论从认识论还是从现象学的角度看，该经验都不同于声称描述“外部世界”发生之事的诗歌所关乎的经验，阿尔铁里称后者为“报道”。[2]

对那些受浪漫主义思想支配（借用杰罗姆·麦克甘的说法）的人来说，诚实和修辞势不两立（浪漫主义思想忽略了浪漫派诗歌的修辞）。这通常意味着，当代诗歌中诚实和真实的修辞被归化，只专门用来表达真实的感情。结果，那些最恐惧修辞的人成为修辞的奴隶。如同真实性一样，情感是一首诗的社会和文本动因。正因如此，“理念”和修辞有敌对关系，其源头可追溯至柏拉图和赫拉克利特的对立。我一直持天使智者们的立场，自称表达虚假的感情，或至少表达混乱、畸形、难以归类或模棱两可的感情，也许更好的说法是情感、感受或感觉。抵制情感的物化对某些没有情感的读者来说就是缺乏情感。没有情感也是情感。缺乏情感就是缺席引起的情感。

总之，这是《语言诗》杂志和《内容之梦》草创阶段我的观点。

---

① Altieri, Charles. 2003. *The Particulars of Rapture: An Aesthetics of the Affects*. Ithaca, NY: Cornell University Press, p. 23.

② Altieri, Charles. 2003. *The Particulars of Rapture: An Aesthetics of the Affects*. Ithaca, NY: Cornell University Press, p. 23.

我认为查理·阿尔铁里总体上赞同该观点。我想把20世纪70年代的那个时刻描述为从被禁止的（戏剧性的）情感表达方式，到更为多义、多形态的表现方式的转向。莱斯利·斯卡拉皮诺的作品在这方面取得了无人企及的成就。

我成年于19世纪60年代，通过阅读舒拉米斯·费尔斯通（Shulamith Firestone）的《性别辩证法》（*Dialectic of Sex*）及相关作品，学到很多有关情感的性别差异的知识。我开始明白，许多神圣化的情感表达都是规章体系的一部分，该体系看起来根植于语言但实际上不是。诗歌与诗学，我社会的或建构主义的形式主义也一样。如同彼得·米德尔顿（Peter Middleton）在一封电子邮件中提醒我的那样，该方法与阿尔铁里在《现代主义美国诗歌中的绘画抽象》（*Painterly Abstraction in Modernist American Poetry*）中的描述有联系："故意突出艺术作品句法活动的前景（要么以非象形的方式要么配合内容的表现形式）"，从而使得"形式特性有了超出形式的内容"。[1]

查理和我最近讨论的论文是《理论能从当代美国诗歌的新方向里学习什么》（What Theory Can Learn from New Directions in Contemporary American Poetry），查理对我的文章做出了非常慷慨的回应，但也提出了一些值得考虑的重要问题：

> 在使其听众听到其修辞态势，并指示这些态势可能在哪些地方站不住脚方面，伯恩斯坦能够做得非常出色。尽管在最近的实践中他经常成功，但他不能在自己的诗学中坚持做到的是，把

① Altieri, Charles. 1999. *Painterly Abstraction in Modernist American Poetry*. New York: Cambridge University Press, pp. 56 – 57.

> 修辞的讽刺性解构转换成这样的记录：既能重视修辞过程中的思想，又能重视这些过程自身的风险。我认为，只有清楚的目的行动感，才能让我们完全融入世界，才能表述我们对影响历史、制造事件的诗歌力量的认识强度，尽管这种历史通常是地方的版本。我们需要理解声援诗学的修辞，同时不被伯恩斯坦一贯的主导逻辑同化。①

如同我在最初的电子邮件中所写的那样，问题出在查理对“恢复和转换修辞理念”的呼吁，削弱了不受这些理念限制的总体审美和哲学力量：②

> 在我们对话过程中，我跋扈地坚持诗歌是修辞。面对这样的坚持，如果你想宣称回归修辞，那就有某种历史失忆症在起作用。我想说，总体上你的批评视角对修辞的看法不够坚定；现在我尤其想说，因为你口里喊着修辞，意思却是取消修辞……但我没必要否认，你的观点也是修辞的一个版本……这就是矛盾所在，因为我看到你声援你喜欢的诗人，我想说，那适合你的品位，但这种声援实际上低估了他们的作品，至少对于朱丽安娜·斯帕尔（Juliana Spahr）和丽莎·罗伯逊（Lisa Robertson）来说是这样。
>
> 诗人不是华兹华斯所说的对其他人说话的人，而是脱离公众语言的孤独的流亡者，试图通过客观结构的形式，为孤独的读者

---

① Altieri, Charles. 2012. What Theory Can Learn from New Directions in Contemporary American Poetry. *New Literary History* 43, No. 1: 65 – 87, p. 71.

② 查尔斯·伯恩斯坦致查尔斯·阿尔铁里的电子邮件，2012 年 5 月 25 日；在该邮件中，伯恩斯坦摘录了阿尔铁里的论文，然后回应其观点。

> 找回经验的某些方面。[①]

……这么说吧，我觉得自己没有脱离了公众语言，读者并不孤独，诗歌也不是客观结构。

> 引用尼克拉斯·卢曼的话，如同伯恩斯坦所言，诗歌像视觉艺术一样，构建起“不同于社会体系的感知体系”——此话出自一个在发展华兹华斯的观点方面比任何同时代诗人都走得更远的诗人，华氏的理想诗人是用平常语言对其他人说话。[②]

该引言来自克雷格·德沃金（Craig Dworkin）的选集《革新的后果：21 世纪诗学》（*The Consequence of Innovation*: 21*st* *Century Poetics*）中杰德·拉苏拉（Jed Rasula）的文章，不是来自我！我不认识拉苏拉，也不认同他的说法：我无法想象让感知脱离社会，我认为这也是我们分歧的一部分。另外，不太肯定才要按照你这里的观点，我离华兹华斯的理想是最近还是最远。

> 即使诗歌的才智似乎不只是对词语和意象的敏锐关注，然而诗歌越是成为一个内部体系，就越难具体说明其对诗歌之外的生活造成的影响……因为诗人无法信任推理式的理解，诗歌首先是创建想象力游戏之物，对读者来说，主要的接受模式不是把诗歌理解成作为意义结构而共同持有的物品，而是经历由该物件所触发的强烈主观感觉……但我懊恼的是，这种说法使诗人从属于诗歌，意义从属于经验，历史存在领域从属于纯粹的认识论，或从属于忽视人与人之间社会和心理关系之条件的直接

① Altieri, Charles. 2012. What Theory Can Learn from New Directions in Contemporary American Poetry. *New Literary History* 43, No. 1: 65 –87, p. 69.

② Altieri, Charles. 2012. What Theory Can Learn from New Directions in Contemporary American Poetry. *New Literary History* 43, No. 1: 65 –87, p. 69.

呈现状态。[1]

借用一下你的说法，你为何不对诗歌从属于诗人（或经验从属于理想化的意义，认识论从属于历史）感到懊恼呢？对我来说，这往好里说只是二元论，往坏里说则是滥情的人文主义。所有这些二元对立的关系都是辩证的。你希望诗人有主控权，可当有主控权的诗人的修辞起作用时，就成了思想的问题而非人的问题、指令的问题而非事实的问题。因此我把你上述评论解读为放弃主体性或个人话语的抗争。

诗歌生来很“纯粹”，却总有框架。“形式特性有了超出形式的内容。”由于对浪漫主义思想的下意识吸收，一个框架的理想化，即“作为意义结构而共同持有的物品”，否认了诗歌里修辞解除管制的力量。实际上，诗歌不“纯粹”，而是历史探求。“历史存在领域”这张王牌用在本质为想象和象征的诗歌空间时是没有历史方法的历史决定论。一首诗里提示“历史存在”的修辞本身得历史化，从来就没有纯粹的历史存在。确实，一个人的意义结构是另一个人的情感调节。共享空间是需要对话的不可通约之地。

我用戏仿式的逆转结束了电子邮件，把我在回信开头处引用的查理的论文片段里我的名字换成他的名字，同时颠倒他的关键术语。这样做不是为了表明我对他的论证的看法，而是为了显示正如他听我的论证一样，我怎样把他的论证也听成了循环论证：

---

① Altieri, Charles. 2012. What Theory Can Learn from New Directions in Contemporary American Poetry. *New Literary History* 43, No. 1: 65 – 87, pp. 69 – 70.

阿尔铁里不能在其批判思维中坚持做到的是，把诗人和读者共同持有的作为终极仲裁价值的修辞过程的具体化转化为这样的记录：可以作为审美预防药超越他主题化的自我严肃性。其结果是未能处理贯穿于修辞、意义和表达力的过程，也就是未能处理那些理想状态下非共同持有而事实上是共有的东西。我认为，只有清楚的无目的诗歌行动感，才能让我们完全融入社会，才能表达我们对世界感知的多重性，这样诗歌对历史的影响才不至于完全被归入其表述之内。我们需要理解声援修辞的美学，同时不被阿尔铁里一贯的主导的理想化逻辑，即披着背负罪名的作者行动的伪装同化。①

查理和我继续进行珍稀的电子邮件往来，寻求两人的共通之处，更深入地探讨手头问题。下面是我对他说的话：

我们都认为，作为一个艺术术语，“修辞”需要与**劝说**分离。关于诗人或诗歌：我认为诗歌中的“自我”呈现在使读者与历史上的作者联络方面，实际上并没起多大作用：无论一首诗的文本或文体特征是什么，历史的方法都需要对照传统阅读，参照其时间、地点，并紧扣作者的具体情况（例如，背景）。我认为关注诗歌不一定要我们转而关注诗人，这正是使得诗歌强大之因素。但是，明显

---

① 伯恩斯坦致阿尔铁里的电子邮件，2012 年 5 月 25 日。和阿尔铁里的原文形成对照：“尽管在最近的实践中他经常成功，他（伯恩斯坦）不能在自己的诗学中坚持做到的是，把修辞的讽刺性解构转换成这样的记录：既能重视修辞过程中的思想，又能重视这些过程自身的风险。但我认为，只有清楚的目的行动感，才能让我们完全融入世界，才能表述我们对影响历史、制造事件的诗歌力量的认识强度。我们需要在不被一直是伯恩斯坦的主导逻辑融合的情况下，理解声援诗学的修辞”（Altieri，Charles. 2012. What Theory Can Learn from New Directions in Contemporary American Poetry. *New Literary History* 43，No. 1：65 –87，p. 71）。

再现自我的诗歌通常最能抵制**强劲**的——让我再次使用该词——关于或为了或通过作者的阅读。所以这就是我发现你的论证“循环”之处（反转一下你对我的批评）。作者的作用在阅读罗伯特·哈斯和布鲁斯·安德鲁斯时都是平等的；哈斯写他自己，但这并不帮助阅读，反而常常隐藏了自我。确实，这种诗歌用几乎戏剧化的方式再现了作者，但这不是真正接受自我在诗歌中的表明方式。这是别出心裁的比喻，一个人对另一个人说话；我自己很多时候也使用这一技巧。我们根本不能逃避这样的比喻（修辞），可是打着自我的幌子隐藏作者，也许常常因为把作者的作用（实际的人）贬为抽象的思想而付出太高的代价。也许这就是我俩分歧的症结所在：我不认为你推进的那种自我再现在任何意义上回避了意识形态；它是戴着思想主人公面具的意识形态。

我认为重要的是我们在这些问题上有哪些共同点。诗歌在社会文化方面也总是导致“可能的认同”——这点我接受。我也接受你这样的提法：“诗歌如何把智慧植根于指涉世界、指涉关乎一首诗的世相人情的历史。”不过我又要说，安德鲁斯在这方面比哈斯更有启示意义。只再加一句，也许是自反式的，结构总是和其他结构外的因素构成辩证关系，反之亦然。内容从来不过是结构的延伸，反之亦然。但当我说**反之**时，不同层次之间通常有不可比力（incommensurabilities）［因此我总把那个单词中的“abilities”（力）放在心上］。这很有意思。不做细读通常会栽在无关紧要的内容上，尽管即使细读我们也从来都找不到重要的内容。因此，再用一次本周我的热词，我们需要强劲的细读……一个本身包含多个层面的过程（复数而非单数的形式）。我喜欢这样的细读还有一个原因：它暗示了审美评判的标准。审美评判即评价一部作品高于另一部的能力。历史的方法会坚持在背景中解读作品结构。作品也许映照了社会—生物—历史背景，但那些背景对作品不起决定作用。作者的决定不受任何具体风格或自我呈现（或自我撤销）的模式限制，但其表述途径却正是在这类问题上所做的选择。也就是说，作者的决定一定是多层面的，单个作品会给读者暗示不同框架的首要地位（借用一下尔文·戈夫曼的术语）。诗歌的一大智慧是能重新定义决定出现的地方。我们需要这种方式——噢天哪——一种**强劲**的意向感（尽管我们常常放弃意向性）。艺术作品的“无目的性”旨在增强以审美的方式，而非实用的方式解读意向性的能力：在追求审美意义的过程中主动悬置实用意义。

ADK：我对美学和历史之间的关系感兴趣（以及历史的美学，美学的历史，及其他版本），所以您的这一说法打动了我：“只有清楚的无目的诗歌行动感”——尽管该话是用来说明您发现的阿尔铁里的循环论证——“才能让我们完全融入社会，才能表述我们对世界感知的多重性，这样诗歌对历史的影响才不至于完全被归入其表述之内。”这似乎有可能成功替换阿尔铁里提议的理论。刚刚我问您，是否可能“走出”形式或意识形态去评论形式，以获得某种程度的距离，同时又提供必要的接近度。您对此的评论，以及您和阿尔铁里之间接连发出的洞见，如果基于一套（您所说的）诸如诗人和诗歌、经验和意义、认识论和历史之间的辩证关系，都无可非议；在此意义上，很难看出回归到一个理想化版本的诗歌修辞，除了为了作者自信之类的目的临时压制这些二元对立外，对其他任何东西有怎样的保证。不过，另一方面，我不知道您对如下问责有何说法：因为赋予这些辩证关系特权的做法本身是一种修辞形式，所以最终不能免受意识形态的影响；这个，以及您认为阿尔铁里正在推进的新自由主义和自我再现模式，涉及修辞问题及其与充满争议的意识形态的关系问题时，都必须无可避免地放弃其对任何特定透明度的主张。更为怀疑的批评者甚至可能问，我们要关注的是否并非任何具体种类的语言表达（在微观的意义上：语料、诗歌、作品、词语、任一类型的符号、任何妨碍或假装几乎无法减少的连贯之物），而是这些具体的语言表达所来自的介质——可以说是种属：更大的概念，比方说，给定的语言、习语或音景。即使因为无法避免的分类问题（我们如何确切地切分概念空间以决定何为种类、何为种属、相对于什么？）而很难开展这样的批评，我还是不想放弃其暗示的含义。我在把玩的是一种潜伏的怀疑主义，甚至是犬儒主义。也许这成为那种没人想要的搬起石头砸自己脚的相对主义。然而我非常想听到您对这一问题的看法，您认为这是否与您对阿尔铁里的反应有关。当然。我认识到这一可能：认同我这里给出的批评并不会改变揭穿卷土重来的强调“理想化意义”的紧急性或有效性。

还有一个问题是，这些阐释上的二元对立不只是在诗歌的空间还在时间里展开，例如，不同批评机构的兴起和衰落、意识形态倾向、政治信仰、制度的变更等。也许我们能够期望的最好情况是，回归到阿尔铁里所说的“恢复和转换修辞理念”，然而是一种一稳定下来就动摇的回归不断地攻占并失去领地。不过，我能理解这在政治上或在实用角度都不可接受。

我的生活充满颠覆。我有某种（轻度的）诵读困难症。应该往右走时我向左走（嗯，这是个优点，但在路上却不是），或把乔安叫成简，把简叫成詹。这不是令人满意的情形，可是我想不出与世界交涉的任何其他方式。听到任何表达时，我很难不听到其反面、变异或双关语。替换不是我尝试的文学手法，而是我感知不可分割的一部分：几乎在我意识到纸张正面的那一刻，我不需要任何提示就想到纸张的反面。这么说吧，每个人生都会经历痛苦，我一想到这个，就马上想到与之对立的另一个。[朱科夫斯基的“看到太阳，想到阴影”（或反之?）①]。你知道大脑快速翻转我们看到的直立图像吗？我的大脑把一切都要再翻转一次，或者也许是一次半。当我进行论证的时候，在结束最初的想法前就看到另一面的缺陷。我的经验是**后来的想法是更重要的想法**。我把我所做的一切称为翻译、转换、变化、夸张、戏仿、颠倒的回音诗学。这就是你说你所喜欢的无目的性的修辞，即目的的筛子；在说过一切并解构一切之后，有点接近康德哲学。为何我们大家都不能只是……折射反射的映像。但是对啊，不能，我像讨厌邻座的家伙那样讨厌镜像迷宫，不愿意在一段漫长的火车旅程中摆脱不了这种家伙。最近有人说我好辩，我认为吵闹更为贴切。这种放肆有其血统：从布莱克、坡，到查拉（Tzara），到理查德·福尔曼、约翰·佐恩、史蒂夫·麦卡弗里、谭林、威尔·亚历山大（Will Alexander）、玛吉·奥沙利文、苏珊·豪、阿尔卡迪·德拉戈莫申科、亨利·希尔斯（Henry Hills）、汤姆·罗华斯、吉尔·斯科特－赫伦（Gil Scott-Heron）、乔治·库查尔（George Kuchar）、卡洛琳·伯格瓦尔（Caroline Bergvall）、布鲁斯·安德鲁斯、艾米·西利曼、肯尼斯·戈德史密斯（Kenneth Goldsmith）、哈里耶特·马伦（Harryette Mullen）、尼克·凯夫（Nick Cave）（艺术家）、罗伯特·格瑞尼尔、肯·雅各布（KenJacobs）、克里斯丁·伯克、特雷西·莫里斯（Tracie Morris）和梅－梅·博森布鲁格（也许我们可以称之

① Zukofsky, Louis. 2006. *Selected Poems*. Edited by Charles Bernstein. New York: Library of America, p. 21.

为新巴洛克艺术的一个分支）。在费利克斯、艾玛·伯恩斯坦（Emma Bernstein）和苏珊·碧的作品中，我看到该血统得到生动的显现。我也认识到该血统使我和那种假扮成严肃诗歌的守旧体统保持了多大的距离。我想这和走出任何事物（或到达一个中心）的愿望都大不相同，不管该事物是形式、历史，还是意识形态。我确实尊重我们的需求，公民们！我们需要接近自己的利益价值观，考虑城邦的利益，但不同于约翰·罗斯或理查德·罗蒂（Richard Rorty）的是，我认为那就像富人骑骆驼穿过针眼去冥府一样不可能。换种说法（总是这样）：这是我们最好的机会，我为之押注了我所有的筹码。作为一个艺术家，我的责任不是负责任，而是挑起反应，此地彼处，来来去去，四处搭台唱戏，这样我们在夹缝中就能有呼吸的精神空间。加拿大诗人弗雷德·华（Fred Wah）挪用了约翰尼·默瑟的那首歌，"着—重—指—出积极乐观之处"（Ac-Cen-Tchu-Ate the Positive）［别给夹缝先生添乱：（Don't mess with Mister In-Between）］：但我只能说增强口音。[1] 鲍勃·迪兰（Bob Dylan）在1966年《花花公子》（*Playboy*）采访他的时候说过一句话："就我而言，我认为自己不外在于任何事物，只是**觉得不在**（not around）"[2]；我喜欢这句话，因为它具有化被动为主动、剥夺了内部人士优势的直接社会意义，但是从实际来看，外在于事物是永远不能克服的问题。每个人都必须在某处……只是人们常常把在某处与在所有地方相混淆，甚至上帝也会混淆。我不是什么相对主义者，但我忧虑重重。看今后是否能找到一种方式再跟你谈。

---

① Wah，Fred. 2009. Mr. In-Between. In *Is a Door*. Vancouver：Talonbooks.

② 迪兰访谈参见 http：//www. interferenza. com/bcs/interw/66-jan. htm。

ADK：再回到您和阿尔铁里的交流吧。我觉得您的回复非常有力，原因有几个。第一个原因是，诗歌中直接的柏拉图式自我呈现的理想化可能是作法自毙。有种模式特写该现象，您和阿尔铁里都认为，该模式站不住脚，即使不全盘替换，也需局部修理。和您一样，我不说怀疑该模式的目的，而是怀疑该模式是否成功。然而我能理解——也许我在此表现得过于仁慈——支撑阿尔铁里所提议的方案的智性和情感动机，该动机似乎也使他有权批评您。吸引他的是一种新的、至少足够（不过当然这也属于引起争议之处）严格的表述策略。在不受意识形态限制的表述乌托邦里，类似于身份法则的某物坚定地绝对无误地保持不变。阿尔铁里的策略势必放弃这种乌托邦的可能性。

罗恩·西利曼在他1988年发表的《诗歌与主体的政治》一文中也有相关的论述：所谓的“边缘”文学供应商们常常强调某种第一人称位置或声音的可靠性（我认为，这至少是他所说的“传统”的含义）。整段文章都值得引述：

认为自己属于历史的主体群体的进步诗人，例如，许多白人直男，关于他们自己主体性的形成，常常挑战所有那些一般人认为“自然的”部分。他们今天的写作即使不是真正地轰炸，也常常质疑诸如叙事、人物角色，甚至指称等传统。这不足为奇。处于另一个极端的，是认为自己不属于历史的主体群体的诗人，因为他们是历史的客体。历史叙事没有使他们实现自我，而是使得他们被排挤被统治。这些作者和读者——女性、有色人种、性少数群体，整个“边缘”人群，有明显的政治诉求，需要讲述他们的故事。他们的写作常常显得更为传统，关于谁是这些传统的主体也有显著的不同。这种写作表明了形式与听众之间的关系。[①]

西利曼在其他语境下对此也有说明。哈里耶特·马伦在《我们是什么和我们应该是什么之间的裂缝》(*The Cracks Between What We Are and What Are Supposed to Be*)中提出如下论点：许多读者和批评机构常常假想代表“被压迫的人们的代码”的诗歌和“纯粹美学”写作的诗歌这样的对立。他认为，非特权群体或弱势群体的写作被自动归入前一类别。对于据此分类本应获得代理空间的群体，此分类只是制造了另一个代理限制。[②] 这似乎是说，通过尝试揭示特权，批评机构不经意地重申了内在于特权分配中的不平等。

这段话和雷·阿曼特鲁特(Rae Armantrout)大约十年前在《语言诗》杂志里对您的回答相似。您问的是关于“语言导向的写作”中缺少女性的问题。她解释说，女性需要“描写她们的生活状况”，这“意味着表述”，她们感到“非常愤怒”以至于不能加入现代主义的“分析趋势”中。[③] 这些方法——包括阿曼特鲁特所说的愤怒可以在声音的决定，或自我决定中起重要作用——让我感兴趣的是这一观点：许多这类群体觉得他们声音—位置里的“基本”之物被剥夺，常常是已经被剥夺。以这种观点来看，同样的声音—位置，在更有特权更有物质能力的人群手上，成为滋生其本该有的透明性的幻想之地，但是该声音只不过是伪装的主流种族、性取向、社会、政治等思想。这里我回想起您在1977年的《公开信》(Open Letter)座谈会上的那篇论文，您在文中论

① Silliman, Ron. 1988. Poetry and the Politics of the Subject. *Socialist Review* 88, No. 3: 61 –68.

② Mullen, Harryette. 2012. *The Cracks Between What We Are and What We Are Supposed to Be: Essays and Interviews*. Tuscaloosa: University of Alabama Press, p. 12.

③ Armantrout, Rae. 1978. Why Don't Women Do Language-Oriented Writing? *L = A = N = G = U = A = G = E*, No. 1, n. p.

及“自然的样子”，即一个建构的、结构连贯的审美意图，为了宣称特别地获取了客观现实，隐藏其建构之后的代理。这又是一个巴特（Barthes）熟悉的策略，他把很大一部分本该成为《神话学》的作品用来嘲笑相似的假装自然。我认为您在那篇文章中的断言较为可信。您说尽管有多个自然出现的审美“模式”，但是没有一个主控的“自然模式”。①

不知我这么问是否合理，您的立场给以上各方提供了什么？或者，作为备选项，该立场对西利曼的尝试有何评述？西利曼试图解释为何在某些群体中，无论作品多么精于修辞，我们都看到其对“声音”的偏好。关于您所宣传的方法的实用后果：我感觉您相信它有效地削弱或忽略了，用您自己的话来说就是主流意识形态，但我真心想听听您认为这会如何起作用，是否存在这样的时刻，我们可以回归到某种可行的自我呈现的概念，该概念结合您方法里的民主方面和某些社会背景中“声音”的效用，或阿尔铁里所强调的作者的功用的确认——如果是可取的确认。

所有这些声音流消失，只剩下我们可以依靠的“可行”而坚实的、清楚的声音“功用”，会有这样的时候吗？我是一个依赖这种临时保证的实用主义者（说到底，本讨论的很大一部分都使用了这样的声音）。但我也依赖颠覆此类保证的空间。这是艺术的空间。在我的美学中，艺术不是一种功用。如果我们关闭那个非实用主义领域，我们就创造了历史终结的幻想，但是实际上并没有终结历史。这就是问题。

---

① Bernstein, Charles. 1985. *Contents Dream*: *1975 – 1984*. Los Angeles: Sun & Moon, pp. 40 – 49.

“这么说吧，目的不是赢，而是不输得太惨”。[1]

《语言诗》杂志以及我后来编辑的作品出现于民权运动、女性主义和反越战运动之后，试图把一群此前大多被排除在经典之外的诗人放在显著的位置。这些恢复诗人地位的行动中至关重要的还有解读诗歌的形式（不只是素材）时对相关的社会、历史、生平背景的强调，即强调诗歌形式的政治（和社会身份）。[2] 这种对社会政治的强调一直是个危险信号——引起诗歌界平和的布尔乔亚们（blandoisie）[3] 的警惕和惊惶。格特鲁德·斯泰因是经典的例子：她被排除在现代主义经典之外，因为她是女性、女同、犹太人，还因为她激进的形式创新——或因为对平和的布尔乔亚们来说她是复合毒物（是这些中的一到两个可以接受，但不能同时都是）？我曾想通过细察艾米丽·狄金森、保罗·劳伦斯·邓巴（Paul Laurence Dunbar）、麦娜·罗伊（Mina Loy）、斯特林·布朗（Sterling Brown）、路易斯·朱科夫斯基、克劳德·麦凯（Claude McKay）、洛林·内德克（Lorine Neidecker）、梅尔文·托森（Melvin Tolson）、汉娜·韦纳以及拉里·艾格那等人，从不同的角度去解答这些问题。

1978 年，我向雷·阿曼特鲁特提出的问题具有反讽意味，本意是想消除错觉（实际上没有消除）。至于罗恩·西利曼的论文，莱斯利·斯卡拉皮诺提供了直接且有说服力的回答：

---

① Bernstein, Charles. 2006. Let's Just Say. In *Girly Man*. Chicago: University of Chicago Press, p. 11.

② Bernstein, Charles, ed. 1990. *The Politics of Poetic Form: Poetry and Public Policy*. New York: Roof Books.

③ 伯恩斯坦混合 bland 和 bourgeoisie，造了 blandoisie 一词，用以指代诗歌界那些忠实于抒情诗，认为诗歌是个人的、不受意识形态和历史影响的人。（译者按）

我的回答，简单地说就是，人们的受苦境况是由统治集团不断重新定义的，被压迫到革命地步的人，不一定通过创作来自统治集团视角和指令的传统叙事来回应。这就好比说俄国革命是由贵族单独完成的，因为他们有闲暇时间。我们可以创造一种句法/结构由其自身构想的语言，对压迫和约束做出回应——从而改变统治阶层语言的性质。①

如莱斯利所言，我不接受采用正常的修辞会给予原本沉默的人声音这一假设；甚至可以说，正好相反，这种正常化通过证实一个预制的清楚、合法内容的模板，取消了他们的声音，或者逼迫他们发出别人的声音，也就是说，使他们沉默。奥黛·洛德（Audre Lorde）有句很著名的话是这么说的："因为主人的工具永远不会拆毁主人的房屋。这些工具也许允许我们在主人自己的游戏中暂时打击他，但永远不会让我们能够实现真正的改变。"② 许多"迟"进入官方文学史的作家确实真正挑战那个模板，但是他们**起初**通常被边缘化了，没有那些用传统上更易懂的形式创作的作家之优势。我认为，这是从玛丽·沃斯通克拉夫特（Mary Wollstonecraft）到W. E. B. 杜·波伊斯（W. E. B. Du Bois），从阿米里·巴拉卡（Amiri Baraka）到舒拉米斯·费尔斯通的激进政治思想家得到的教训。被算作"先锋"的人会同时受到支持者和诋毁者的清理。然而如果不把那些先前默默无闻的人置于中心，就无法想象美国诗

① 斯卡拉皮诺对西利曼带刺的回答题为"什么人?"（What Person?）（1999），并以"怀疑"（Disbelief）为题，收集在斯卡拉皮诺2011文集里。Scalapino，Leslie. 2011. Disbelief. *How Phenomena Appear to Unfold*. Brooklyn：Litmus Books，pp. 220 – 221.

② Lorde 1984：111.

歌中最激进的转变。①

黑人、犹太人、同性恋、女性、移民、（环境或选举造成的）无依无靠者、说蹩脚英语或舶来英语者、局外人和忧虑重重的内部人士、疯子（极为严重或一般般的）、变节的盎格鲁—撒克逊白人新教徒（WASPS）和语言走私者、从业者和无业者、失范者和不可救药者、讨厌者和挑拨离间者、不健康者和不舒适者、背叛者和被背叛者、格格不入者和边缘者——全体荒诞探询人员——都是先锋派剧团成员，这是一股专攻非传统操作的精英力量。② 谈到美国诗歌的象征空间的时候，投射的身份标识和原始身份标识同等重要：**你不能根据作者简介来评判一本书**。艺术由结果而非输入来评判，这从本质上来说不公平，因为特权很真实，艺术不能改变不平等（包括获取历史记录方面）造成的令人丧气的效果——无论是靠命令还是靠愿望。刻薄者（mean people）可创作**前卫**的（mean，在此为 edgy 之意）诗歌，受害者可用施害者的声音写作（有时候比施害者写得更好）。尽管这很可悲，但诗歌的价值不与其作者的社会价值相当。

即使这样，那些长期以来是“历史的主体”的人，也就是那些**让我们其余的人屈从于他们的历史的人**，既可能抓紧其修辞的真理不放，

---

① 参见 Nielson，Aldon Lynn. 1988. *Reading Race*：*White American Poets and the Racial Discourse in the Twentieth Century*. Athens：University of Georgia Press；Nielson，Aldon Lynn. 1997. *Black Chant*：*Languages of African-American Postmodernism*. Cambridge：Cambridge University Press。还可参见 Reed，Anthony. 2014. *Freedom Time*：*The Poetics of Black Experimental Writing*. Baltimore：Johns Hopkins University Press 中卡马·布拉斯维特（Kamau Brathwaite）、克劳迪亚·兰金（Claudia Rankine）、哈里耶特·马伦、M. 努尔贝斯·菲利普（M. NourbeSe Philip）、纳撒尼尔·麦基（Nathaniel Mackey）和 N. H. 普立特查德（N. H. Pritchard）的讨论。

② 这段话在《诗歌的黑音》中里有更详细的论述。参见 Bernstein，Charles. 2016. *Pitch of Poetry*. Chicago：University of Chicago Press。还可参见 Rothenberg，Jerome and Bloomberg-Rissman，John，eds. 2015. *Barbaric Vast & Wide*：*A Gathering of Outside and Subterranean Poetry from Origins to Present*. Boston：Black Widow Press。

又不可能把其常态视为有悖常理。这对他们来说是一大审美劣势。

换言之，你不能用牧师的圣经去破坏其宗教。换言之，用牧师的圣经去破坏其宗教。换言之，烹调羽衣甘蓝不止一种方法。换言之，声音有点像神职、模仿、美音、记忆……换言之，广大民众不是妇人（ain't no woman）。

我一直在写作，嗯，直写到我脸色发青（我想现在我脸色一定发紫了），关于美国诗歌中的社会历史，关于用非标准方法对待声音、发声、方言、口音的审美力量，关于这些东西的现状，确切地说，关于反霸权与抵制同化。通常是外面的改变里面的，而非反之。但是那个确切的点确实是修辞性的，因为我们每个人都以许许多多不同的方式同时在里面和在外面，你**永远不可能**做出一个完全的记述；有很大的空间供各种各样的人，以不可预知、出乎意料的方式发明、精炼、顺从、破除偶像。在此意义上，异常**是**诗歌的宿命。

最近在一篇关于格特鲁德·斯泰因的文章中，我再次回到这个主题，探讨了她那部关于妇女选举权的歌剧，《我们所有人的母亲》（*The Mother of Us All*）："在她最后的作品中斯泰因不断回头讨论的问题是，如果权力的结构没有改变，那么让妇女掌权，让她们有投票权，不会改变任何事情。'你只有名，没有实，'混日子的乔（Jo the Loiterer）说，即使在妇女有选举权之后，她也不能投票，因为如同格特鲁德·斯泰因意义随情境变迁的戏剧一样，她没有固定的地址。"①

受主流（或标准）的话语形式吸引就像受金钱吸引：似乎会让你大量买入，似乎会给美元最大的修辞之拳。问题是你最终也许打错了东西。不过话又说回来，被定义为革新的东西通常都背离了创新诗学。如

① Bernstein, Charles. 2016. *Pitch of Poetry*. Chicago: University of Chicago Press, pp. 98–99.

果你专注文体变化，你可能会被意图（intention）迷住，而不是被肯尼斯·伯克（Kenneth Burke）所说的动机（motivation）迷住。这需要新的眼光（对于历史的新声音）。倘若这种新造成局限，那么厌倦同样造成局限。我们每人带入对话的基本限制（如你所说，我们社会和生物身份的给定部分、作者功用）没有选择。有或者没有基本限制，我们都选择要做的事。底线不会消失。这么来看此事：那些从来没分到一杯羹的人想要得到一杯羹，而已经吃饱的人则认为他们拥有羹。不过，有些有羹的人和有些没有羹的人也许说，**嘿，羹不太好吃**，也许有人能做更好的羹或者也许能告诉我们如何吃空气——或吃诗歌或吃美德（重复波德莱尔的说法）。

这些观点需要重申，因为“主流话语”保持其主流地位的一个方式，是瓦解对它的特别权威的所有挑战。[①] 抨击“先锋”派是种族主义者或性别歧视者——美国所有的文化领域都可有此责难——暗示的是，美学上激进的作品要么应该有更高的道德标准，要么在道德上比主流更糟糕，要么二者兼有。因为“先锋”派把这种标准搞砸了，所以更为糟糕。

激进的现代主义和当代艺术受到其所在时代的玷污，其名下反乌托邦的天才们臭名昭著，因为即使他们不比所生活的时代更卑鄙，也至少和时代一样丑陋。激进的艺术和诗歌不一定是“好的”或“有益的”，也不一定是理想社会的模型。不过，这主要取决于谁来决定“先锋”（它本身是个很令人生厌的说法，我永远不会在严格的正面意义上使用它）的边界。在最激进的情形下，诗歌挑战并革新那些边界。深深致力于被主流同化、致力于语言的可理解性的诗人们，也许常常为了最崇高

---

① 请原谅这里的拟人：把它想成卡通图像。

的理由想成为“先锋派”，可是他们想保持“干净”——想在不被拉入主流泥沼的情形下成为主流的一部分。因为同时实现愿望和成为主流不是解决问题而是提出问题，所以先锋派成为被指责者而不是指责者。

在《损毁抽象》（Disfiguring Abstraction）一文中，我详细叙述了出席现代艺术博物馆为“发明”抽象艺术展而召开的两次咨询会的经历。[①] 馆长推出的经典剥离了现代主义抽象艺术与（通常是女性艺术家的）装饰作品的联系，以及与非洲与其他非西方文化的联系。这种搁浅的、漂白的抽象观，既没反映一个世纪之前的激进审美实践，也没反映展出的伟大艺术家的新观点。问题出在现代艺术博物馆断言、组织这种艺术的方式。吵着要捍卫现状的哈尔·福斯特（Hal Foster）一度斥责我，说他厌倦了我对艺术史的攻击。他认为，历史已经写就，博物馆的任务是复述那段历史。然而艺术却讲述了不同的故事——人们仍然在展开这样的故事。重新思考、重新定位艺术作品不是攻击艺术史，而是拒绝承认那些宣称拥有其主权的人的权威。

ADK：杰罗姆·麦克甘关于修辞和诚实相矛盾的说法，让我想起1986年另一个杰罗姆（罗森博格）和威廉·斯潘诺斯（William Spanos）发表在《辩证的人类学》（*Dialectical Anthropology*）的访谈录中所说的话。斯潘诺斯问他对口头传统的兴趣，罗森博格回答时强调，许多社会团体对他称之为“部落和口头的”“隐藏文化”的投入很大，他同时指出，口头传统是在追求“恢复”口头传统的“概念……本身”的

① Bernstein, Charles. 2013. Disfiguring Abstraction. *Critical Inquiry* 39, No. 3: 486 - 497; Bernstein, Charles. 2016. *Pitch of Poetry*. Chicago: University of Chicago Press.

过程中创建的。[1] 这又依次让我想起威廉·科比特（William Corbett）1987年在《埃拉托》（*Erato*）里对罗森博格相关的但更狭隘的评论："他所关心的是写作一种不只是代表他个人经历的公众诗歌。他所创作的是一种依靠咏唱的修辞力量、惠特曼式的罗列、宣言，以及美国口头语言的诗歌。"[2] 这两条评论都提到了类似世界语的东西——若不是语言，就是观点。不知您是否觉得这种观点很诱人，或者从另一方面看，甚至也许很危险。

我问这个问题时，其他问题也在我脑海中徘徊。您刚刚说，即使在《语言诗》杂志刚出现的那些日子，"诗学写作"也很罕见；罕见这一说法似乎今天同样适用。在先前提到的讨论会上，罗伯特·哈斯（Robert Hass）谈到思考诗学叙述的两种可能的方法，在此之前的几个场合他也有过类似的言论。第一种是，尝试整体或部分地完成上面所描述的认识论项目。第二种是，把诗学归因于"诗人讨论诗歌"的活动中。我认为，从历史的角度来看，这有利于形成一个有用的类别，当我们在某种方便的、描述性的事实的名义和引导下对文件进行分类归档工作的时候，但这对历史学家和更能明白真正的诗学是什么的诗人都没什么触动；似乎接近于只是把它界定为另一种形式的元语篇。我对第二种方法似乎不满意，我想哈斯可能会认同我的观点，因为该方法未能确切地解释形式和内容的融合（内容意识到形式；形式意识到内容），这种融合在很多《语言诗》诗学写作中留下了印迹。不过再回头看罕见之说，诗学实践，即诗学用于任何诸如批评、分析、作诗等事情的做法，

---

① Rothenberg, Jerome and Spanos, William. 1986. Comment. *Dialectical Anthropology* 11, No. 2: 211 - 212.

② Corbett, William. 1987. *Review of New Selected Poems*. Edited by Jerome Rothenberg. Erato 4: 8.

应当被看成诗人恰当的（不仅是事实上的）权限吗？依我浅见，类似事情就是今天英语系的现状。人们在诗学与学术之间做出相当明显的区分。

但是，在1992年东北现代语言协会的布法罗会议上，您在题为“艺术与之有何关系？文化研究时代人文学科的现状”（What's Art Got to Do with It? The Status of the Subject of the Humanities in an Age of Cultural Studies）的主旨发言中，针对文学的某种制度化，您建议文学课堂可“从获取知识的方法转换到创意写作工作坊，用形式自由的日志、诗歌、文学模仿等形式的诗意回应，取代测试”。[①] 您在其他几篇论文中也提出同样的提议。对于诗学和学术的区分您有什么要说的吗？诗学写作，或类似的活动，只在文学研究而不是其他学科中才能富有成效吗？在某种意义上，我似乎觉得您的立场可能与如下观点一致：要寻求某种通用语言（ur-language），某种统一传统和非传统研究领域的东西，但我根本不能肯定您是否这样看。

我的诗学是临时搭起的帐篷和可拆卸的空间模块，诚实是修辞的一种形式，修辞是诚实的，如果敢于承认的话。我知道我颠倒了黑白。恢复、揭示、隐藏都是不完美（更完美）的辩证过程的一部分。传统，如你引用的罗森博格术语，是被活埋的东西。我们恢复（正在其中恢复过来）的文化，是我们被绑其中却没有接触的文化。为了重新取得联系我们必须——哎！——使它更加新（Make it newer）。或者最好说：**现在就创造它**（Make it now）。（尽管这听起来很过时）更现在（Nower）。

---

① Bernstein, Charles. 1999. *My Way: Speeches and Poems*. Chicago: University of Chicago Press, p. 50.

更加现在（More now）。与惠特曼相反：这需要一种**小于**我经验的诗歌，因为，就我的经验而言，经验可能有问题。这么说吧，经验是一只信天翁（失去的标志）。信念的力量不同于普救世论者的信念：我在杰里（Jerry）的歌里听出大量的个性和反抗。

我觉得提醒自己在我的世界之外还有世界非常有益。如果你愿意，可把这些世界称作宇宙；但是我更感兴趣的是宇宙（universes）中的诗歌（verses）而不是“统一”（uni）。

ADK：人人都谈论诗学但无人为之采取行动。

诗学是诗歌最终的手段，然而，诗歌是最终手段的艺术。你（在引述哈斯时）介绍的两种方法使诗学搁浅在哈代（Hardy）的宏伟和劳雷尔（Laurel）的琐碎之间。但我不断在说，由于植根于情境，诗学不同于更理性化的哲学或批评形式。**诗学是来自某处的观点**与托马斯·纳格尔（Thomas Nagel）的观点相反，因为它隐含在具体艺术作品的创作中（不是纳格尔所说的杜撰“不来自任何地方的观点”的普世价值观）。

诗歌的目标是，告诉鳖它在瓮中。

如果文学批评转向科学/理性化的“严苛”而不是更联想式的研究和调查形式，那就不是诗歌相对于学术的问题，而是一种没有见地的、过于专业化的学术观。人们指责去专业化的诗性，因为它挑战实证主义（同时也挑战任何方法都揭示通用语言的观点：我认为，所有的方法都是面纱）。但那是25年前我们在布法罗创建“诗学计划”时面临的问题。我从来没想过文学研究应该有方法，而只是强调不去给学术研究或核心书目制定标准。让我恐慌的是，文学学术界追求迂腐的历史和社会学研究而背离了美学。在这样的研究里，艺术不是一种价值观或感知方式的示例，而是一种违反道德规范的罪行。但是我明白：大家都疲于提问，所以都寻求回答问题的感觉。

歪曲一下伊拉·格什温（Ira Gershwin）的歌词以表明一点真理：我支持许多虚无。

ADK：您不久前谈到了翻译。我在翻阅奥西普·曼德尔斯塔姆（Osip Mandelstam）《现代主义的拟古主义者：诗歌选》（*Modernist Archaist*：*Selected Poems*）时，注意到您和凯文·M. F. 普拉特（Kevin M. F. Platt）做过几部译著；由尤金·奥斯塔谢夫斯基（Eugene Ostashevsky）、鲍勃·佩雷尔曼、克拉伦斯·布朗（Clarence Brown）、W. S. 默温（W. S. Mervin）和伯纳德·米尔斯（Bernard Meares）——有些是合译——翻译的作品也出版了。[①] 我很好奇，为何没有把每首诗的译者直接标明在相关作品后以至于必须去书的背面寻找谁译了什么。鉴于译诗没有按照译者来排列，读者容易有离奇的阅读体验：我想读者可在阅读每首诗之前虔诚地查实译者是谁，但我更倾向于一直读完整部诗集，这让我对诗集有这样的看法（不管多么与事实不符）：自始至终单一、自治的声音在言说。您早先谈到，“（翻译中）主要应该关注的是新的译诗如何成为独立的创作，让忠信见鬼去吧。再说啦，忠信于什么？”您认为该方法在该诗集的层面上管用吗，确切地说，关系到一本基本不标明译者把译者隐藏在页面之后，且多个译者混在一起但不显示自己的译诗集时，该方法管用吗？或者说，必须管用吗？当然不同的人在翻译中会涉及不同种类的忠信或“措辞”。但我想问，您认为这对创作的文

---

① Mandelstam, Osip. 2008. *Modernist Archaist*: *Selected Poems*. Edited by Kevin M. F. Platt. Deray Beach, FL: Whale and Star Press.

学作品有何影响：如果伯恩斯坦的曼德尔斯塔姆不同于米尔斯的曼德尔斯塔姆，那么谁的曼氏才属于《现代主义的拟古主义者》呢？可能间接但很明显的回答似乎是：轮流、交替的声音拼凑到一起合成一部作品，来“打造”任何被译的作者，不过在此情形中，由于这种混合的怪异和矛盾在单本书的空间里展开，所以更加明显。当然，更加明显的是因为如我说过的那样，译者只在书的背面出现。不过我想听听您对这个的看法。

普拉特的导言从一句引语开始，这让我想起我想问的另外一个问题。该问题出自一篇题为“话语与文化”（The Word and Culture，普拉特译）的文章：“诗歌是一把耕犁，它翻转时间，使时间的深层，它肥沃的黑土最终露出表面。有些时期，对当下不满的人们像犁田的农夫一样，渴求时间的处女地。艺术中的革命不可避免地导致古典主义。”① 除了提到牛耕法之外——那种在古代手抄本看到的双向文本，其希腊词源的意思大概是“像牛耕田时那样翻”——另一种重复引起了我的注意：诗歌实践史上，品味和目的的循环重复，美学和伦理学的重复。关于诗歌自身之内的这种原始性，其他地方也有提及；您翻译的《巴黎圣母院》（Notre Dame）中的叙述者谈及巴黎圣母院里教堂的“不可思议的肋拱”，以及“从原始的重量/有朝一日我也将打造出美”。②

总之，我想把曼德尔斯塔姆在此提出的循环放到语言派对俄国艺术家、理论家、批评家，尤其是形式主义者的兴趣这样一个背景中来理解。交叉和牵涉的地方太多，不胜枚举，但最近的记忆中有两点很突出：罗恩·西利曼在其论文《迁徙的意义：诗歌中的极度节俭原则》

① Mandelstam，Osip. 2008. *Modernist Archaist*：*Selected Poems*. Edited by Kevin M. F. Platt. Deray Beach，FL：Whale and Star Press，p. 7.

② Ibid.，p. 35.

（Migration of Meaning：The Parsimony Principle in the Poem）中，对来自俄国形式主义的认知语言学手法的使用——《新句》（*The New Sentence*）[①] 一书中，他对约瑟夫·塞拉沃罗（Joseph Ceravolo）《迁移的正午》（Migratory Noon）的分析里出现了维克多·什克洛夫斯基（Viktor Shklovsky）——琳·何吉尼安和巴雷特·沃藤（Barret Watten）最近重印的《诗学杂志指南》里有什克洛夫斯基的《无情节文学：瓦西里·罗扎诺夫》（Plotless Literature：Vasily Rozanov）。您除了与俄国的实验诗人（德拉戈莫申科等人）一直有对话外，谁或者什么触发了这种对俄国现代主义和先锋派的美学宝库的兴趣？该宝库从鲍里斯·帕斯捷尔纳克（Boris Pasternak）、安娜·阿赫玛托娃（Anna Akhmatova）、维亚切斯拉夫·伊万诺夫（Vyacheslav Ivanov）延伸至利米尔·赫列勃尼科夫（Velimir Khlebnikov）、弗拉基米尔·马雅可夫斯基（Vladimir Mayakovsky）、尼伯莱·别尔嘉耶夫（Nibolai Berdyaev）等白银时代的诗人，甚至是初出茅庐时的罗曼·雅各布森——穿越了象征主义、未来主义，以及这些主义的混合。审美多样性十分丰富。举例来说，普拉特把曼德尔斯塔姆描述为“专一的现代主义者”，但我也偶然看到您和伊恩·普罗布斯坦（Ian Probstein）朗诵克列宁可夫（Khlebnikov）的《笑的咒语》（Incantation by Laughter）的录像，该作品似乎毫无疑问是后现代主义的。[②]

这些俄国运动和作家吸引您和其他人的是什么？对曼德尔斯塔姆关于革命、古典主义（和阶级优越论）的周期性之说，是否有人为了表示尊敬或表明与他一致隐晦或公开地承认过？我想在某种程度上我问的

① Silliman，Ron. 1995. Migratory Meaning：The Parsimony Principle in the Poem. In *The New Sentence*. New York：Roof Books，pp. 110 – 116.

② http：//writing. upenn. edu/pennsound/x/Khlebnikov. php（accessed Dec. 1，2015）.

是，您如何看待这样的架构：形形色色的现代主义和后现代主义与其前辈，不管是新近的还是古代的前辈之间的各种各样的关系。除此之外，这种现代主义发生的全球政治形势是否不只是有门面上的改变？有人引述了曼德尔斯塔姆的话，“只有在俄国诗歌才得到重视，它使得人们被谋杀。在任何别的地方诗歌有没有如此经常地成为谋杀的原因?”曼德尔斯塔姆本人1938年死在海参崴附近的临时难民营里。也许您也有回答他问题的答案。

我把和凯文·普拉特合作翻译的曼德尔斯塔姆的两首诗放在《重新估值》里。“我被赐予了一个躯体。我该用它来做什么?”来自曼氏1909年的第一部诗集《石头》(*Stone*)，可以说这是一首关于作者声音之前提的准现代主义（ur-modernist）诗歌。我收录的另一曼氏作品是他1937年写的最后一首诗的前半部分，该诗的第一行回答了早期那首诗里的问题：“向着空虚的地球无奈地倒下。”但他最后一首诗让我惊呆的是这两行：“她被窒息的自由推动着/鼓舞人心的缺陷之自由。”① **鼓舞人心的缺陷**是我能想象到的最接近我诗学的描述。

这些是《重新估值》的部分译作，它们使我自己的其他声音成为可能，或者最好说，使得我声音的其他自我成为可能。这些译作给美国诗歌注入了某些与原诗确切相关的元素：我试图把这些诗导入我目前所在的语言（my present-in-language）。我是媒介。当然，这是实用的虚构：任何译者都有他或她自己的言说方式。我厌倦了自己的风格、思维模式、短语转换和突然转变。我在寻找不属于我（但成了我）的某物。如果你想在一本诗集里有形式上的异质性，那就必须有翻译。然而（再

---

① Bernstein, Charles. 2013. *Recalculating*. Chicago: University of Chicago Press, p. 100.

转折一次)，《重新估值》里的翻译是歌剧《重新估值》的主旨。我使用这些翻译，它们是我作品不可或缺的一部分，坚守它们自身目标的同时也服务于我的目的。于是，尽管有些牵强，这和曼德尔斯塔姆的观点——把过去耙出来并犁回去放在下面——有了联系。

自 20 世纪 70 年代中期起我开始阅读俄国未来主义作品，一发而不可收。首先读的是盖里·柯恩（Gary Kern）1976 年的赫列勃尼科夫诗选《蛇火车》（*Snake Train*）；我非常想念的亲爱的保罗·施密特（Paul Schmidt）翻译了几卷赫列勃尼科夫的诗，这在《吸收的技巧》（*Artifice of Absorption*）中对我有着巨大的价值。因此我是从赫列勃尼科夫开始的，但我很快就发现了克鲁乔内赫（Kruchenykh）、什克洛夫斯基、马雅可夫斯基、巴赫金、沃罗希洛夫（Volosinov）和雅各布森。斯蒂芬妮·巴伦（Stephanie Barron）1980 年在洛杉矶城市艺术博物馆展出的俄国未来主义艺术展，是除了康定斯基（Kandinsky）和马列维奇（Malevich）外，我们许多人第一次有机会看到的俄国未来主义艺术，这是对我已经非常重要的全貌：最重要的是波波瓦（Popova）[收录在《诡辩家》里的一部短剧《命名》（Entitlement）里的人物]，还有冈察洛娃（Goncharova）、塔特林（Tatlin）、罗德钦科（Rodchenko）和斯捷潘诺娃（Stepanova）。我喜欢俄国未来主义者在官方艺术机构之外的集体行动，以及艺术家和诗人之间的合作出书。这在我们做《语言诗》杂志的时候是极大的鼓舞。

更近以来我非常喜欢丹尼尔·卡姆斯（Daniil Kharms）和亚历山大·维金斯基（Alexander Vvedensky）。过去的十年我通过马特维·扬格列维奇（Matvei Yankelevich）和尤金·奥斯塔谢夫斯基的翻译才了解到第二波激进现代主义者（OBERIU）。非常有幸跟他们两人谈论俄国现代主义和当代诗歌。我和几个与我同时代的当代俄罗斯诗人有联系：

阿尔卡迪·德拉戈莫申科、德米特里·普利戈夫（Dmitri Prigov）、列夫·鲁宾斯坦（Lev Robinstein）和阿列克谢·帕西奇科夫（Alexei Parshchikov）。帕西奇科夫和几个朋友翻译了《吸收的技巧》。过去的几年，身居纽约的伊恩·普罗布斯坦一直在翻译和发表我的许多诗歌，他计划把这些诗歌集结成书。

最近阿尔卡迪的去世，像普利戈夫和帕西奇科夫的离世一样，让我难以释怀。我觉得和阿尔卡迪之间有一种出奇的亲近。这是一种我想称之为非国家而不是跨国家的亲近，并不是说在我认识他的 25 年间我和他的交流很频繁。20 世纪 80 年代晚期阿尔卡迪来到纽约时，我最初通过琳·何吉尼安认识了他。我在詹姆斯·谢里家的阁楼里为他安排了一个朗诵会。90 年代早期，我们邀请他和妻子泽娜（Zena）来访问一个学期，参加布法罗的诗学项目。我和苏珊、费利克斯在 2001 年夏天去圣彼得堡拜访了阿尔卡迪和泽娜。最近一次是在 2010 年秋，他去世两年前，来到宾大。雅各布·艾德蒙德在他最近那本深刻犀利的著作《共同的陌生》（*Common Strangeness*）中，对琳·何吉尼安和阿尔卡迪的交流进行了长篇评述，值得细读。《披上黑暗》（*Endarkment*），尤金·奥斯塔谢夫斯基做的阿尔卡迪选集，马上要从卫斯理大学出版社出版。如同我为书的封面所题写的那样：通过探索对节奏和内容的沉思和内省，德拉戈莫申科改变了俄罗斯的诗学。不断改变的细节是陪他走过“冷战”及随后而至的一切的忠实伴侣。除了这个选集，我还推荐普鲁斯特式（Proustian）的《中国太阳》（*Chinese Sun*）。

不管怎样，回望过去，曼德尔斯塔姆在“冷战”思维中被推出的方式，有点让人很难听到他的声音：“冷战”的勇士把他从诗人变成了象征，至少对我来说是这样。因此我的翻译是我需要做的再构建的一部分。我开始把曼德尔斯塔姆与朱科夫斯基关联起来，两人都把他们犹太人的特殊性和一种渴望对话，用你引用的曼德尔斯塔姆的话来说就是，对“时间的处女地”的渴望，或者是朱科夫斯基所说的“安息的整体”（rested totality）和“客观的完美”① ——某个超出你被赐予的声音的有用性陷阱的东西（斯泰因称之为人的身份，与人的本性相对）。在 1912 年那奇迹之年（annus mirabilis），曼德尔斯塔姆在《巴黎圣母院》谈到了他的追求，他想成为超越自己之物的一分子，该物既让他显得渺小又让他非常兴奋（如普拉特和我所译）：

可是，巴黎圣母院的城堡，我越仔细
研究你不可思议的肋拱，
就越想这样：从原始的重量
有朝一日我也将打造出美。

在这样的时刻，曼德尔斯塔姆写道：“自大的拱顶上撞击的木槌静止了。”但我不敢肯定我们能指望那样的事发生！

ADK：这也许会把话题引向不同的方向，但既然我们还在谈论《语言诗》，我想还是把它提出来。像诗歌写作一样，在诗学或论说文写作中（当然，我把这些类别列在一起时心存犹豫），强调考虑保持相同的形式，这种考虑似乎能够，也许应该，以某种方式延伸至书本，原因之一是，在我们生活的时代，传递知识、促进知识获取的材料本身在不可确定地变化。例如，是否存在，或也许应该存在把“形式”从书本抽

① Zukofsky, Louis. 2001. Sincerity and Objectification. In *Prepositions +: The Collected Critical Essays*. Middletown, CT: Wesleyan University Press, pp. 193 – 202; Zukofsky, Louis. 2006. *Selected Poems*. Edited by Charles Bernstein. New York: Library of America: “A” – 6.

取出来放入一种超文本的愿望？或者说，既然人们长久以来都在构思文学文本，这种形式是否以某种方式内在于文学文本，与之不可分割？《语言诗》杂志能再次以电子形式生成吗？某些媒介有这种内在的价值和能力吗？

我喜欢你所说的“不可确定地变化”。**确信**和**确定**之间的区别让我着迷，例如，有许多我确信的事物，但很少有我能确定的。

几天前偶然看到我父亲在我离家去上大学后给我写的几封信。他批评我的自信，他觉得这种自信很自大、很不当。他提及“代沟”，因为在20世纪60年代，我强硬的反越战思想使他不安。

年轻的时候，我指责父亲是种族主义者和性别歧视者，但现在我明白了，那不是因为他是，而是因为我是，毫无疑问，我仍然是，因为那不是你自己能摆脱的疯狂。我恨我自己这个样子。

但是现在我老了，已经放下了青少年时期的愤怒。

我明白你说起诗歌和论说文“相同的”形式技巧时的不安，因为，嗯，只有不同才会相同。相同的技巧在不同的文体里会有相反的意思。这就是把同一性作为一种形式而不（只）是一种内容来阅读的含义。

《语言诗》使用了现有的科技：自动更正的电动打字机，便宜的胶印和复印。在某些方面，我们的文章预示了博客的诞生。因此，对呀，肯定，具体的媒介确实有内在的生命，当媒介是按摩师时，是一大乐事。

书对我来说是我作品的核心组织结构。这也许不合时宜，但也是好事。

如果你被锁在笼子里，聪明的做法是守口如瓶。既然已陷入了时间之笼，就再给我一次出击的机会吧。

ADK：我想用最后几个问题完善本次访谈——该访谈也许已经恰当地关注了形式，时间和空间跨度都相当大。第一个问题与您如何看待诗歌和哲学的关系有关。这样问的话，问题似乎不透明，或者几乎不可能回答。但是您的作品，包括您的诗歌和批判性写作（更不用说您在本访谈中提到的许多作品），说明诗歌和哲学的关系是您长时间思考过的问题。举几个较明显的例子，您有本书题为“诡辩家”，您在哈佛大学读本科时专攻过哲学，甚至写过一篇论文论述斯泰因的《美国人的造就》和维特根斯坦的《哲学研究》（*Philosophical Investigations*）。您在论文中对诗人和哲学家的相似之处的评论给我留下很深的印象。您说二者都“演绎了语言和物体之间一对一对应的瓦解”，还说您觉得斯泰因投入到似乎是别人思考的问题中。①（与此相关，您还提到卡维尔论怀疑论的作品，您曾经跟他学习过吗?）您在论文中的某处写道，“我过去和现在都认为，这个哲学难题（提供一种参考理论的问题）不仅直接和诗歌里词语或词组的意义和指称有关，而且和诗歌本身的意义和指称有关，诗歌肯定意指、表明、表达‘事物’，但如果事物被假想为已经存在的有名称的物体的话，诗歌不一定指称事物”。因此，我有几个更加具体的问题，也有几个不那么具体的问题。更加具体的问题有些与我们对阿尔铁里的讨论相关：您现在对整体诗歌（poems-as-wholes）的参考理论有何想法？这样的理论有何风险？我们该期待此问题的答案与单个词语如何指称这一问题的答案完全不同吗？不那么具体的问题是：您现在如何理解哲学与诗歌，或诗歌与哲学的关系？哪个向哪个学习或应该学习更多？我不一定是问（分析）哲学系所实践的哲学与英语系所实

---

① Bernstein, Charles. 2012. *Three Compositions on Philosophy and Literature*. Asylum's Press Digital Edition. jacket2. org/commentary/three-compositions-philosophy-and-literature – 1972 (accessed December 11, 2014). First Published 1972. n. p.

践的文学研究和诗学之间的关系，除非您自然想到那点。

我上大学时曾师从斯坦利·卡维尔，细读过他的作品，从此以后我们就一直是朋友。[①] 将于2016年春从芝加哥大学出版社出版的《诗歌的黑音》，书名来自卡维尔的《哲学的黑音》（*The Pitch of Philosophy*），探讨了诗歌与哲学声音的差异。在写关于斯泰因和维特根斯坦的论文的时候，我处于哲学形式的极点，因为我上大学时非常沉迷于哲学，既包括分析哲学又包括大陆哲学，当时是这么区分的（在所谓的大陆哲学融入文学理论之前）。这也是在我陷入熟诗和生诗的分歧前（我在哈佛时，罗伯特·洛维尔也在那，可我毫不关注他，几乎没有意识到我们是校友）。虽然我的类比可能站不住脚（但站不住脚的类比胜过无意义的明喻），但我禁不住把形式上更传统的以“产品”为导向的诗人和分析哲学相连，把形式上更激进的以“过程”为导向的诗人和大陆哲学相连。这是因为我把战后的泛反现代主义者（peri-antimodernists）与致力于理性主义和自然化的表述、指称关联，而我认为大陆哲学坚持怀疑论和指称构架（认识论条件）。在诗歌中，这是把隐喻当作已经存在的状态的描述（某种心理状态的分析研究或诗歌所指的历史事件）与“语言转向”（turn toward language）之间的区别。引用一下乔治·拉科夫的标题，在“语言转向”的方法中，隐喻是我们赖以生存的方式，因为它们不仅是我们看事物方式的条件，而且是我们感知事物的条件。如同卡维尔的某个标题所示，堂而皇之的条件与并非堂而皇之的条件（conditions handsome and unhandsome）。

---

① 参见2012年与卡维尔的广播对话“细听”，jacket2. org/commentary/Stanley-vavell-close-listening（accessed December 10）。

这两条分叉的路现在非常广为人知，哪怕是走得少的那条都已经成了高速公路。

我从文体和修辞方面来看待哲学和诗歌的区别，看待二者有关理性、知识、真理或公正（或有关谬误、怀疑主义、不确定性、情感）之言论的区别。换言之，我认为二者之间的区别不是哲学有关真理，诗歌有关情感；相反，我感兴趣的是哲学中的情感表达和诗歌中的真理表述。我怀疑很多诗歌的理性主义基础（其所谓的经验主义）。也许更好的一对一的比较是诗学和哲学的对比。是否一个制定典章另一个没有章法？答案大部分取决于你在红色的手推车里拖了什么，或者要点是在于拖，还是在于向红色手推车致敬说“已读”，或者你是否只想忘掉所有这些思考回家去，却找不到家。

可以把哲学写成一种诗歌吗？维特根斯坦的《逻辑哲学论》（*Tractatus*）也许可以当成诗歌来读，而且是一首伟大的诗歌，不过它仍然不是一首诗歌。哲学有强烈的文体感——要写成散文的形式。其他任何文体会吸引人注意语言而不是论证，虽然也许语言是重点。可以把诗歌写成一种哲学吗？这是相同的问题吗？难道诗歌不是哲学的一种外限吗？然而我们不会说哲学是诗歌的外限：诗歌变成哲学的风险很小（或机会很大）。

诗歌和哲学曾经共享创造世界或宇宙学的基础工作。但对卢克莱修的作品，或者莱布尼兹的《单子论》（*Monadology*），或者笛卡尔的《沉思集》（*Meditations*），或者斯宾诺莎的《道德》（*Ethics*），这种情况似乎就已经过时了，至少对于哲学是这样，因为诗人从未停止过做宇宙学家（对象通常是它们自己幻想的世界，但那又是另一个故事）。从赫拉克利特到狄金森（这个世界不是结论，This world is not conclusion①）到策兰，诗人们给史诗宇宙学的烘烤食品，加上了反宇宙学的露天烧烤。或者想想尼采和克尔凯郭尔写下的似乎是反宇宙学散文诗的哲学作品。我似乎在创作一首《奥罗波若蛇》［Ouroboros（衔尾蛇）］：

我过去是个哲学家，但现在我已被哲学化。
过去是个诗人，但现在是话语。
过去爱批评，但现在接受个体的事物。
过去很情绪化，但现在有感情。
过去依靠经验，但现在很茫然。
过去相信过程，但现在不能停止过程。
过去是个宇宙论者，但现在荒唐地张贴海报。
过去提出论点，但现在爱好争辩。
过去喜欢探索历史，但现在连做这事都打不起精神。
过去梦想答案，但现在不再记得问题。
过去热爱知识，但现在了解语言。
过去上学，但现在游手好闲。
过去存在过，但现在正在存在。

诗人喜欢引用哲学家的话，因为后者有一种解释的理论或公开宣称的道德。正如某某所说，每次你都会碰到一堵砖墙，因为某个混蛋为了把你限制在你的位置，把墙砌在那里。但那不是真正的砖墙，而是玻璃

① Dickinson，Emily. 1955. *The Poems of Emily Dickinson*. Edited by T. H. Johnson. Cambridge，MA：Belknap Press of Harvard University，No. 501.

天花板。连玻璃天花板也有腿。还有，哲学家喜欢引用诗歌，因为诗歌给哲学行动添加一层表面的深度，这种行动结束时，诗歌通常被控有罪，实际上诗歌无罪，但希望犯过那样的罪。

人们说对于一个哲学家来说，卡维尔太文学了。我渴望做一个过于哲学的诗人。

指称的问题就像街头骗局里在豆荚下找到豌豆。有颗豆没问题，但问题在于体制，亲爱的，总是体制。

这是愚蠢的游戏。

ADK：最后一个问题是关于《重新估值》的最后一首诗。《你走之前》（Before You Go）似乎是和您女儿艾玛的一句话在对话。这句话出现在书的开头，她以祈使的语气说："道路告诉你该做什么……在反思中追溯你的路径，但只要看或到经过的黄线变得模糊就能看见现在。和你的未来赛跑直至终点。"[1] 在您和女儿相互的声音中听到对方的回音是非常神秘非常棒的体验：率直的表达、常用词组的巧妙使用、总体的自信，增强了一种戏谑感。《你走之前》感动了我，这首诗歌如同您最好的任何一首诗歌一样，形式很聪颖，但该诗歌最初是在悲痛的驱使下创作的，结尾——行末的叠句"你走之前"逐步减少，直到最后完全消失，取而代之的是这样的顿悟"双行道，起伏的光"[2] ——尤其无与伦比地动人，甚至感人肺腑。该诗歌在我内心产生了一种生理反应，我不会对太多诗有这种反应。

把这首诗歌放在书的结尾有何意义？特别是鉴于诗歌的结尾涉及题

① Bernstein, Charles. 2013. *Recalculating*. Chicago: University of Chicago Press, 2013, p. xi.

② Ibid., p. 185.

名的破坏的时候这几乎像那种“减法理解”（understanding by subtraction），即诗歌由于是创作的作品，所以不存在。然而，就其关涉删减来说，它同时又是存在的。这让我想起贝克特（Beckett）所说的艺术是“沉默的亵渎”；我们可将此话理解为关乎艺术的代价，或关乎艺术的禁区，或二者兼有或更多意义。[①] ［与此相关的是，我想沃霍尔（Warhol）说过——我认为他是诚恳的——相比有艺术品的空间，他更喜欢空白的空间。[②]］《你走之前》也和《重新估值》的倒数第二首诗《喀迈拉》（Chimera）有着奇怪的联系。该诗的叙述者最后说“无奈曲调永不束缚/闪烁的被抛在时光中的阴影”（Resigned that tunes will never bind/ Shimmering shadows tossed in time）。[③] 该诗歌传达了对诗歌的厌倦或疲惫感，但尽管这样，其所在的书还是继续发表最后一首诗歌，该诗歌——增加了风险——是最“严肃”的诗歌文体，挽歌。我想我的意思是，该诗集快结束的时候，似乎有这样的主题：诗歌无能、多余——该主题几乎必须用诗歌来表达，对于一部原本有零星喜剧的诗集来说，其严肃性似乎很明显。不知您是否也认为该诗集是这样结束的，如果是的话，在诗歌无能、多余的主题和最后这首诗歌之间是否有任何刻意的联系。最后一首诗歌似乎在跟您女儿，也许更宽泛地说，在跟您家人说话——不但在平常意义上而且在艺术方面您似乎都与他们非常亲近。

---

① 该短语的历史不清楚。让-米歇尔·拉巴泰提供了有关其渊源的故事：“1968 年元月，贝克特和阿多诺有一次友好的会面。那是阿多诺最后一次到巴黎的法兰西学院讲学。他和贝克特会谈了两小时，其间贝克特（用英语）说，他的作品实现了一种‘沉默的亵渎’，该短语被用到了《美学理论》里。”参见：Rabaté, Jean-Michel. Philosophizing with Beckett: Adorno and Badiou. In *A Companion to Samuel Beckett*. Edited by S. E. Gontarski, 97 – 117. Hoboken, NJ: John Wiley & Sons, 2010, p. 102.

② Warhol, Andy. 1975. *The Philosophy of Andy Warhol: From A to B and Back Again*. Orlando: Harcourt.

③ Bernstein, Charles. 2013. *Recalculating*. Chicago: University of Chicago Press, p. 185.

在更深层次上，我感兴趣的是，这首诗歌似乎驳斥了看上去流行的对语言诗的民间批判，即语言诗太“非个人化”或“无人性”（或用否定的表达方式说，不够“有人情味”，不够人性化）。我认为该诗歌包含很多原始的、不可调和的能量，但该能量受到您强加的形式约束的影响，同时您也受到该能量的影响。

对静止成可读形式的情感，我不感兴趣。我的笔调常常在一口气息里有转折：从狂喜到断裂，从失望到歇斯底里再到不可思议的平静，从焦虑到脱离焦虑，从兴奋到幻灭。我的著作中，诵读困难（dyslexia）与情感有关，碎片化是一种接近悲剧的美学情节剧。我对语言的中断和不可思议之处非常着迷。我渴望非个人化，但一旦接近，又被甩开。

人性是一种状态（动物性拒斥症，animalady），不是积极的价值。无论是我喜欢还是不喜欢的诗歌、人性都不是诗人们或多或少去投资的领域。但是“不够”人性听起来不失为诗歌的一个很好的方向，虽然我总是不断被拉回到淤泥中，未能朝那个方向走。

艾玛的离世是一种截肢，就像截断了幻想（幻影）之肢，我感觉到了。复原（盖上东西）没有选择。重新估值是另一种量度。

孩子死亡时，父亲也死亡。这是致命的伤。死亡中消失的东西在想象中疯长。

译后记

得知我要翻译伯恩斯坦的《回音诗学》，我在宾大访学时的导师，伯恩斯坦的朋友兼宾大同事，著名的庞德/乔伊斯/拉康学者，法籍拉巴泰教授说："真佩服你的勇气！我不会尝试把他的东西译成法语。"是啊，我也不知哪来的勇气，竟然想挑战自己去译伯恩斯坦的作品。

仔细一想，这种勇气也非偶然。伯恩斯坦推崇的诗人中有我研究过的克里利和奥尔森。他所做的诗歌创新可以追溯至这些诗坛的前辈兼好友。他既像克里利一样，是联结当代许多先锋诗人的"结缔组织"，又像奥尔森一样，创新的激情和态势丝毫不逊色于创新本身。他的风格和语言让我觉得似曾相识，但又觉得有些陌生。也许正是这种既熟悉又陌生的混杂感觉吸引我去读他的作品。因为完全熟悉的克里利和奥尔森的作品已经不想再读，而完全陌生的丽塔·德芙和其他人的作品读起来要么觉得太没背景，要么觉得语言太过正常没有挑战性。

我翻译的《回音诗学》是伯恩斯坦新近出版的《诗歌的黑音》的访谈录部分①，他说该书本来就由几本小书组成的，"回音诗学"完全

① 《诗歌的黑音》访谈录部分包含 11 个对话，其中聂珍钊和伯恩斯坦对话的英文版发表在《外国文学研究》2007 年第 2 期，中文版收录在《查尔斯·伯恩斯坦诗选》（聂珍钊，罗良功编译，华中师范大学出版社，2011 年）一书中。本译著没有收录此对话，为了保持 11 个对话的总数不变，增加了 2017 年 8 月发表在 *boundary 2* 的伯恩斯坦和安德鲁·戴维·金的对话。

可以独立成书。在宾大 Kelly Writers House《诗歌的黑音》的新书发布会上，伯恩斯坦和他的学生朗诵了其中的某些章节，他的朗诵让我想起投射诗三原则之一："一种感觉必须快速而直接地导致另一种感觉。"词语一个接一个快速从他口中跌落，肯定没谁完全明白它们的意思，但它们自顾自地掷地有声，任你目瞪口呆地看着它们消失。其间各种感觉迅速划过。发布会结束时，我打破了从不在那种场合买书的惯例，掏钱买下这本书。

我回到住处有事没事便翻翻这本书，首先只看了里面关于克里利和奥尔森的两篇文章，看过后有点沾沾自喜，因为觉得他的有些观点跟我已经发表过的关于他们的论文中的观点相似。想到中文专著即将出版，突然灵机一动，问伯恩斯坦能否将其中那篇关于克里利的论文翻译成中文，作为我著作的附录。他非常爽快地答应了，而且还加一句"想译哪篇就尽管译吧"。在翻译的过程中，他对我细小的问题都一一热情解答，让我觉得如果翻译他的作品，肯定能够跟他学到很多知识。只是当时我已经处于即将回国的状态，没能好好利用这个机会。

后来又读了这本书里《扩大的语言诗领域》一文，多次才读完。凭着我对语言诗的一点了解，连蒙带猜觉得大概读懂了。读完之后，对他的晦涩耿耿于怀，却又被他渊博的知识和活跃的思维深深地折服。现在想来，这种折服可能不光来自读他的作品，还源于听过他的课。听过他的课或跟他面谈过的人，都不会忘记他天马行空般的语言，虽然稍不留神就会跟丢，可回过神来却还是欲罢不能，继续去追。他的晦涩不是一种策略，而是源于他深厚的学术功底。当然，也许有人要反驳，知识再渊博也可以平白地写作，让更多的读者可以不用望而却步。可是，对伯恩斯坦来说，语言本来就是用来构建现实的，就像《创世纪》中的上帝说"要有光"，于是就有了光。你不懂，只能说你还跟不上他构建的步伐，你决定不跟了，他不觉得惋惜。他不像电影制片商或流行音乐家一样以娱乐大众为己任。他想做的，是用语言做很多传统的故事讲述不能做的事情。这很小众，却很有意义。因为这个世界已经有的只会更多，还没有的，却需要"英雄"去实现。伯恩斯坦把克里利称作英雄，实际上他自己也是同一种意义上的英雄。

正式考虑翻译他的"回音诗学"是回国近三个月后，突然很怀念宾大，便拿出伯恩斯坦的《诗歌的黑音》来读，又读了一遍序言，觉得很鬼魅。三页不到的文章里，"pitch"一词被把玩得淋漓尽致。沥青、声调、定位等各种五花八门的意义轮番上演，让人目不暇接。序言中也提到了"回音诗学"，以及另类的"回音"："组合美学之内一个母题碰撞另一个母题的非线性回响""暗指缺场时的暗指""空白""缺场的来源之阴影"。正是这个另类的回音定义吸引我去读该书中的"回音诗学"。

我的初衷是通过阅读找到一个更为详细、更加易懂的回音诗学的定义，实在找不到就自己造一个。随着阅读的深入，我越来越觉得既痛苦又快乐。痛苦的是，好像总是没法实现初衷；快乐的是，总有惊喜，就像进入一顿盛宴，吃完上一道菜时，唯一可以肯定的是，下一道菜味道肯定不一样，而下一道菜从来不负所望。慢慢地我就有了翻译这部分的冲动，但冲动开始总被理性克制着，因为越来越清楚地意识到有些东西不可译，译了要么会损害原音要么会毁掉原意。

就在犹豫的关头，书中的这句话给了我信心："忠信是无常之事。忠诚的代价是缺乏自信。"该话的背景是伯恩斯坦谈及他在巴西参加的一次双语诗歌朗诵会。他和朗诵他的巴西译诗的译者都带着黑色面具，他的面具上写着原创，译者的面具上写着叛徒。伯恩斯坦在此情形中显然没有认为叛徒不光彩，反而认为忠信无常，没有自信的人才会忠信。

这给了我莫大的鼓励，终于下定决心当一回叛徒。

当叛徒的过程并不轻松，因为盲目的背叛和愚钝的忠诚一样，除了使自己成为笑柄外，没有意义。我得努力背叛得合情合理。在此过程中我遭遇过各种障碍。首先是暗指和用典。伯恩斯坦对此驾轻就熟，可以在一句话里出现好几个暗指。例如：Marginal waters are deeper than you can shake a stick at who's counting。这么短短的一句话，没有生词，看似简单，却有三个暗指，而且不是中规中矩地用。正常的说法是 Still waters run deep（静水流深）。more than you can shake a stick at 的意思是 more than you can count（多得不可胜数）。who's counting（谁说了算）一般跟在 but 之后，作为反问句用在口语中，含讽刺和幽默意味。一开始我按照自己的理解把它译成"边缘的水深不可测，不要指责测量的人"。后来向伯恩斯坦请教时，他说即使是对一个了解这三个出处的说本族语的人，也可能觉得这句话看起来熟悉，却不知道到底是什么意思。他费尽周折解释了一通，说中心和边缘不是明显的二元对立，而是相互交错、相互包含，非常复杂。他原想以一贯的不给直接答案的方式收官，无奈我穷追不舍，在我的"逼迫"之下，最后他说："Things that are marginal are more complex than you can judge. It depends on who's counting or who's judging."据此我将该句译为"边缘的水深不可测，你无法明确区分边缘与中心，关键看谁在测量"。可我并不认为这完美地传达了原意，只能说是将就而已。

另一个障碍来自伯恩斯坦信手拈来的文字游戏。有些文字游戏没法还原，只能勉强译之，如：I am hung up on the sin in sincere as the verse in perverse。我译成："我既迷恋诚实里的罪性，也迷恋堕落里的诗意。"有些是字典或网络都查不到的伯恩斯坦自己造的词，如：undeaddom abhors aresistance 中的 undeaddom 就是他生造的词，词根是 dead，加上否定的前缀 un，再加上后缀 dom。根据上下文和构词法，我将这个词译为“活死人王国”。伯恩斯坦讨厌官方诗歌文化的捍卫者和执行者，所以造这么个词来指代这些人。为了嘲笑和贬低权威，他故意拿一些如雷贯耳的名人名字做游戏，如：大文豪艾略特被他说成大汤姆·艾略特老板（Big Tom “The Pope” Eliot）；著名哲学家、《正义论》的作者约翰·罗尔斯，被他说成亲亲约翰·罗尔斯光明正大先生（John-John “Mr. Fair and Square” Rawls）。类似的例子不胜枚举。总之，要译得传神的话，不仅要了解他的语气、背景，而且要熟悉他语言的文学和哲学内涵，不能拘泥于字面意义。可是，要做到这些谈何容易！很多时候，我觉得自己仿佛驾一叶孤舟航行在凶险的大海中。坦白地说，有时候船翻了自己还浑然不知，继续傻傻地凭着一腔热情赤手空拳地孤独前行。偶尔会在回望的时候发现船翻了，庆幸没被人看到，偷偷地收拾好，假装什么也没发生过。个中滋味唯有自知。

所幸的是，这段旅程并不真正孤单。伯恩斯坦是可靠的导航。2017 年暑假陪女儿去哥伦比亚大学报到之际，在纽约跟他面谈近 3 个小时，探讨了翻译过程中遇到的各种问题。我也随时给他发电子邮件讨教，他总在第一时间回复，解答各类问题。记得他曾说过，正确的翻译是最无趣的事情，因为切断了更多的阐释可能性。当我对自己的翻译不满，有挫败感时，就用此话聊以自慰。按照伯恩斯坦的理论，我的翻译只是他的文本在我这产生的回响。读者如果从我的译文中听到了回响并回应之，那么众多的回响就构成一个复调的新作。这样就完美地实现了伯恩斯坦的愿望。他并不想创建系统的理论，也不想成为万众景仰的理论家，只想不断开拓、不断打破已有的规范，包括他自己的规范。也许奥尔森那句“唯一不变的是改变的愿望”是对伯恩斯坦所做的一切的最好概括。

当然，他的变化不能成为我翻译拙劣的理由。但是既然翻译可以不用忠信，那么读者可以姑妄读之。如果你觉得我的翻译需要翻译，我会很高兴地回答：对啊，这才是我想要的效果，也没有辜负原作者的期望。如果你觉得我的翻译不可靠，那么我想送你伯恩斯坦喜欢引用的爱默生的这句话："除了生命、过渡和振奋人心的精神，一切都不可靠。"

但愿我的翻译成为过渡，渡你去读原作。

最后，感谢广州大学黎志敏教授。他最先帮我就翻译事宜和伯恩斯坦沟通。自始至终，他比我自己对译作的完成更有信心，这给了我莫大的鼓励。感谢东北大学热情的冯溢副教授，她为本书的序言贡献了很大篇幅。

刘朝晖

2018 年 3 月 16 日于璞真园